Любовь

契诃夫小说选集

А. ЧЕХОВ

爱情集

〔俄〕契诃夫 著

汝龙 译

人民文学出版社
PEOPLE'S LITERATURE PUBLISHING HOUSE

图书在版编目（CIP）数据

契诃夫小说选集. 爱情集/（俄罗斯）契诃夫著；汝龙译. —北京：人民文学出版社，2021
ISBN 978-7-02-012940-9

Ⅰ.①契… Ⅱ.①契…②汝… Ⅲ.①短篇小说—小说集—俄罗斯—近代 Ⅳ.①I512.44

中国版本图书馆CIP数据核字(2017)第134343号

策划编辑	张福生
责任编辑	李丹丹
装帧设计	刘　静
责任印制	王重艺

出版发行	人民文学出版社
社　　址	北京市朝内大街166号
邮政编码	100705
网　　址	http://www.rw-cn.com

| 印　　刷 | 三河市博文印刷有限公司 |
| 经　　销 | 全国新华书店等 |

字　　数	78千字
开　　本	787毫米×1092毫米　1/32
印　　张	6.375
印　　数	1—3000
版　　次	2021年4月北京第1版
印　　次	2021年4月第1次印刷

| 书　　号 | 978-7-02-012940-9 |
| 定　　价 | 28.00元 |

如有印装质量问题，请与本社图书销售中心调换。电话：010-65233595

目　　次

爱情 …………………………… 1

贼 ……………………………… 14

灾祸 …………………………… 49

严寒 …………………………… 63

逃亡者 ………………………… 77

男一号 ………………………… 93

不安分的客人 ………………… 105

受气包 ………………………… 119

幸福的人 ……………………… 130

演员之死 ……………………… 143

卡希坦卡 ……………………… 158

爱　情

"现在是深夜三点钟。四月间宁静的夜晚向我的窗口里张望,繁星朝着我亲切地眯眼。我睡不着觉。我是多么幸福啊!

"我的全身,从头到脚,充满一种没法理解的奇特感情。我现在还不能分析这种感情,我没有工夫,而且也懒得这样做,况且,什么分析不分析,去它的吧!是啊,一个人从钟楼上倒栽下来,或者听到自己中了二十万卢布的彩票,难道他能解释自己的感情吗?他办得到吗?"

我写给萨霞的情书大致就是这样开头的,萨霞是我爱上的一个十九岁的姑娘。这封信我已经开过五次头,可是五次都把它撕掉了。我涂掉整张整张的信纸,然后又把它们重抄一遍。我为这封信忙了很久,就像赶写一个约定要交稿的长篇小说似的。我这样做完全不是为了要把信写得长、写得细腻、写得多情,而是因为当春夜扑进窗子里来,我坐在安静的书房里,任凭我的幻想驰骋的时候,我就不由得想把写信这个过程拖得无穷无尽地长了。我在字里行间看见一个亲爱的影子。我觉得好像有许多精灵跟我同坐在桌旁,也在写信,也像我这样纯真而幸福,傻里傻气,快乐地微笑。我写着信,不时看一下我的手,这只手不久以前握过她的手,现在还有点软绵绵呢。要是我偶尔把眼睛移到一旁去,我就会恍惚看见那绿色旁门的格子。我跟萨霞告别以后,她就是隔着那个格子凝眸瞧着我的。我同萨霞告别的时候,什么也没想,光是爱慕地看着她的身材,就像一切正派的男人爱慕地看着美丽的女人一样。临到我隔着格子看见两只大眼睛,忽然灵机一动,明白我已经落入情网,我们之间的一切已经决定,已经定局,剩下来所要做的只是履行某些手续罢了。

我把情书封好,慢慢穿上衣服,悄悄走出家门,把那个宝贝送进邮筒去,这在我也是很快活的事。天上已经没有星斗。东方原来有星的地方,如今换上一条白色长带,悬在阴沉的房顶上,有几处被云遮断。有了这条长带,整个天空就泛出苍白的光。这座城市睡着了,不过运水工人已经出来,远处一家工厂响起汽笛声,在唤醒工人。您走到沾着露水的邮筒旁边,一定会看见一个笨拙的扫院人,穿一件钟形皮袄,拄着手杖。他处在昏迷状态:说睡没睡,说醒不醒,而是介乎两者之间。

如果邮筒知道人们怎样常常找它来决定自己的命运,它就不会有这种谦卑的外貌了。至少我就差点吻我那个邮筒,我瞧着它,想起邮筒才是最伟大的宝物!……

我请求凡是以前坠入过情网的人回想一下,你把信投进邮筒后,怎样急忙赶回家里,很快上床躺下,盖上被子,充分相信明天早晨一醒,就会想起前一天发生的种种事情,就会兴奋地瞧着窗口,而白昼的亮光正在热衷地想要钻透窗帘的皱褶照进来。……

可是,现在言归正传。……第二天中午,萨霞的女仆给我送来这样一封回信:"我很高兴请您今天务毕到我们家里来我等您。您的萨。"一个逗号也没有。她干脆不用标点符号,她把"必"写成了"毕",总之整个她这封信,甚至装这封信的狭长信封,都使我心里充满脉脉温情。我在歪歪斜斜然而羞羞答答的笔迹里认出了萨霞的步态,她每逢发笑就高高地扬起眉毛的模样,她努动嘴唇的神情。……可是信的内容却没有使我满意。……第一,对饶有诗情的信是不应该这样回答的;第二,为什么要我到萨霞的家里去,呆呆地等着她的胖妈妈、兄弟们和食客们猜出底蕴,然后留下我们两个人在一块儿呢?他们不会费心思去猜的,那么,只因为您身旁有个兴奋的无聊家伙,例如一个半聋的老太婆或者小女孩,唠唠叨叨向您问这问那,您就不得不抑制您的欢乐,这可是再讨厌不过的事了。我打发女仆带回去一封复信,在信上我请萨霞选定一个公园或者一条林荫道作为幽会①的地点。我的建议被她欣然接受了。正如俗语所说的,我的建议恰巧投其所好。

下午四点多钟,我向本城公园里一个最偏僻的角落里走去。公园里一个人也没有,相会的地点本来可以定在近一点的地方,林荫道上或者亭子里都成,可是女人家谈情说爱可不喜欢马马虎虎:一不做,二不休,既要相会,就得挑个最荒僻难走的密林才成,其实在那样的地方是有碰上坏人或者喝醉的小市民的危险的。

我朝萨霞走去,她正站在那儿,背对着我,我在那后背上体会到非常之多的神秘意义。仿佛那个背、后脑勺、衣服上的小黑点都在说:嘘!姑娘穿一件朴素的

---

① 原文为法语。

花布衣服,外面套着一件薄薄的小斗篷。为了多添一点神秘,她脸上罩着一层白纱。我不想破坏那种气氛,不得不踮起脚跟走过去,开始小声说话。

就我现在所理解的来说,在这种幽会当中我并不是主要部分,而仅仅是细节。吸引萨霞的,与其说是他,不如说是这种幽会的浪漫气氛和神秘意味、亲吻、阴森的树木的沉寂、我的海誓山盟。……她没有一分钟忘掉自己、陷入如痴如醉的状态,她始终不让她脸上的神秘表情消失。真的,如果有个伊凡·西多雷奇或者西多尔·伊凡内奇来替换我,她也会照样感到幸福。那么,在这种情形下,请您来弄弄清楚您是不是被人爱着吧。如果是被人爱着,那么这究竟是真正的爱呢,还是不能算真正的爱?

从公园里出来,我带着萨霞到我家去。在单身汉的住所里,有个自己所爱的女人坐着,那作用就跟听音乐和喝醇酒一样。你照例讲起未来,而且谈得多么自信,多么有把握,简直到了想入非非的地步。你拟计划，定方案，还没做到准尉就热心议论将官的头衔，总之你海阔天空地胡说一通，听讲的人必得怀着满腔的爱情，而且不了解生活，才会附和你的话。合该男人走运，凡是在热恋中的女人，总是被爱情迷住了眼睛，而且从来就不了解生活。她们不但随声附和，甚至还怀着诚惶诚恐的心情而面色发白，肃然起敬，如饥似渴地把疯子的每句话都听进去。萨霞专心听我讲话，可是我不久就在她脸上看出心不在焉的神情，她没有了解我的意思。我谈到的未来，只有外在的一面才使她发生兴趣，我在她面前摊开我的计划和方案，那都是白费精神。她极其关心的问题是她的房间在哪儿，房间里糊什么壁纸，为什么我有竖式钢琴而不是大钢琴，等等。她仔细检查我桌上的小物件，瞧瞧照片，闻闻香水瓶，把信封上的旧邮票揭下来，说是她要留下来，有用处。

"请你替我搜集旧邮票！"她说，做出严肃的脸色，"劳驾！"

后来她在窗台上找到一个核桃,就咔嚓一声咬开,吃起来。

"为什么你不在你那些书的书脊上贴小条子?"她看一下书架,问道。

"贴那东西干什么用?"

"喏,让每本书都有个号码啊。……可是我把我的书放在哪儿呢?要知道我也有书。"

"你有些什么书呢?"我问。

萨霞抬起眉毛,想一想,说:

"各式各样的都有。……"

要是我凑巧想起来问她一下,她有些什么样的思想、信念、目标,她想必也会这样抬起眉毛,想一想,说:"各式各样的都有。……"

后来我把萨霞送回家去。等到我从她家里告辞出来,我已经成了真正的和正式的未婚夫,只等完婚了。如果读者容许我单凭个人的经验下个断语,我就要断然说一句:做未婚夫很乏味,比做丈夫或者根本没订婚乏味多了。未婚夫成了四不像:他已经离开这边的岸,可还没有到达那边的岸;他固然没有成家,却也不能说是单身汉了。这种情形同我上文提到的那个扫院人的状态倒不无相似之处呢。

每天我一有工夫就赶紧到未婚妻家去。照例,我去找她的时候,总是带着千百种希冀、愿望、意图、建议、话语。我每次都觉得,等到女仆一开门,我就会摆脱沉闷抑郁的心境,一头栽进令人神清气爽的幸福里去了。然而实际上情形往往不是这样。每次我来到未婚妻家里,老是碰上他们全家上上下下忙于做愚蠢的嫁妆。(顺便说说①:他们已经缝制了两个月,做出来的衣物却还不满一百卢布。)到处都是熨斗、硬脂、煤气的味儿。人的脚底下往往踩到玻璃珠。有两个最大的房间堆满了波涛般的麻布、细棉布、薄纱,萨霞从波涛里探出小脑袋来,嘴里衔着线。那些缝纫的人一齐

---

① 原文为法语。

发出欢呼声迎接我,不过马上又把我送到饭厅去,免得我在那儿碍她们的事,也免得我看见那些只有做了丈夫才能看的东西。我万般无奈,只得在饭厅里坐着,跟女食客彼美诺芙娜谈话。萨霞带着忧虑和不安的脸色,不时手里拿着一个顶针,一扎毛线,或者别的什么无聊的东西,跑过我面前。

"等一下,等一下。……我马上就来!"她看见我抬起恳求的眼睛瞧着她,就说,"你猜怎么着,可恶的斯捷潘尼达把那条薄纱裙的腰身弄坏了!"

我左等右等也不见她来,就生了气,走出去,挥动我那根做未婚夫后才用的手杖,在林荫道上散步。再不然,有时候我想约我未婚妻一块儿出去散步,或者坐马车去兜风,不料她已经同她妈妈在门厅里站着,穿戴整齐,手里摆弄着阳伞。

"哦,我们正要到商场去!"她说,"我们还得买点开司米,还要换一顶帽子。"

散步的事算是完了!我只好跟着两个女人,一块儿到商场去。看这些女人买东西,讲价钱,极力要蒙哄那些骗人的店员,真是无聊极了。临到萨霞翻遍一大堆衣料,把价钱杀得低而又低①,结果什么也没买成就走出商店,或者叫店员剪一段四五十戈比的料子,我看了总觉得难为情。萨霞和她妈妈走出商店后,带着惊恐不安的脸色久久地谈论她们出了错,买了不该买的东西,花布颜色太深,等等。

是啊,做未婚夫是乏味的!去它的吧!

现在我成家了。这时候是傍晚。我在书房里坐着看书。萨霞在我背后一张沙发上坐着,嘴里嚼着什么东西,声音很响。我想喝啤酒。

"你找一找拔塞器,萨霞……"我说,"不知把它放在什么地方了。"

萨霞跳起来,胡乱地在两三叠纸里翻一阵,碰掉了火柴盒,没有找到拔塞器,默默无言地坐下了。……五

---

① 原文为法语。

分钟过去,十分钟过去了。……我又口渴又烦恼,很不好受。……

"萨霞,找一找拔塞器呀!"我说。

萨霞又跳起来,翻我旁边的一堆纸。她嚼东西的声音和纸张的沙沙声,对我的影响不下于两把刀子互相摩擦而发出的刺耳响声。……我就站起来,亲自动手找拔塞器。最后,拔塞器总算找到,啤酒瓶打开了。萨霞就在桌旁坐下,开始唠唠叨叨地讲起一件事来。

"你该读点什么东西才好,萨霞……"我说。

她就拿起一本书,在我对面坐下,开始努动她的嘴唇。我瞧着她小小的额头和不住努动的嘴唇,不由得沉思起来。

"她就要满二十岁了……"我想,"如果把她和一个有知识的同年龄男孩相比,区别是多么大呀!男孩子就又有学识,又有信念,又有头脑了。"

可是我原谅了这种区别,犹如原谅了那狭小的额头和不住努动的嘴唇一样。……我记得,从前,我喜欢追逐女人的时候,往往因为一个女人的袜子上有块污斑,因为她说了句蠢话,因为她牙齿不干净,就把她丢开了。可是现在我原谅了一切:咀嚼声啦,为找拔塞器而乱翻东西啦,衣冠不整啦,为无聊的事喋喋不休啦,我一概原谅了。我几乎不自觉地原谅了,没有丝毫的勉强,倒好像萨霞的错处就是我的错处似的。从前惹得我厌恶的许多事情,我现在看了反而感动,甚至喜爱。这种原谅一切的原因在于我爱萨霞,可是爱情本身该怎样解释,说真的,我就不得而知了。

贼

医士叶尔古诺夫是一个浅薄无聊的人,在县里以吹牛大王和酒徒闻名。有一天,在圣诞周,他到列彼诺镇去为医院买东西,傍晚从那儿回来。医师怕他误了时间,希望他早些回来,就把自己的一匹最好的马交给他使用了。

起初天气倒还不坏,四下里安安静静,可是将近八点钟,来了一场大风雪,医士在离家大约只有七俄里路的地方完全迷路了。……

他驾不好马,又认不得路,便存着侥幸的心,随眼睛看到哪儿就把马赶到哪儿,希望那匹马自己会走回去。照这样过了大约两个钟头,那匹马走乏了,他自己也冻得发僵。他觉得他不是在往回家的路上走,却是退回列彼诺去。可是这当儿,在风雪的呼啸声中,总算传来了喑哑的狗叫声,前面出现一个朦胧的红色光点,渐渐显出一道很高的大门和一堵长围墙,围墙上钉着些钉子,尖端朝上。随后围墙里露出一截井上吊杆,是歪的。风吹散他眼睛前面的雪雾,于是原来的红色光点如今变成一所不大的、低矮的小房,上面耸起高高的芦苇房顶。在三个小窗口当中,有一个窗口挂着一块红布,点着灯。

这是谁家的院子呢?医士想起离医院六七俄里远的大路右边,有一家安德烈·奇里科夫的客栈。他还想起这个奇里科夫不久以前给一些马车夫打死了。他留下一个老太婆和一个女儿柳布卡,大约两年以前柳布卡还到医院里来治过病呢。这个客栈名声很坏,晚上到这个地方来,而且使用别人的马,是不无危险的。

不过也没有办法了。医士从行囊里摸到手枪,严厉地嗽了嗽喉咙,用马鞭子敲几下窗框。

"喂,这儿有人吗?"他喊道,"心好的老太太,让我进去取个暖吧!"

一条黑狗发出粗嘎的吠声,像球似的滚到马蹄底下来。然后蹿出另一条白狗,又跑来一条黑狗,前后一共来了大约十条狗!医士看准一条最大的狗,扬起鞭子,用尽气力抽它一下。那条狗并不大,腿却高,它扬起尖尖的脸,发出尖细刺耳的哀叫声。

医士在窗旁站了很久,不住敲窗子。不过后来,围墙里面房子旁边那些树木上的白霜转成红色,大门吱咂一声开了,一个女人,浑身穿戴得严严实实,手里拿着提灯出来了。

"老奶奶,让我取个暖吧,"医士说,"我赶车到医院去,可是现在迷路了。天气真糟,求上帝保佑。你不要怕,我们要算是自己人,老奶奶。"

"我们的自己人都在家里,我们没有约外人来,"

那个人厉声说道,"你为什么平白无故地敲窗子?大门又没有上锁。"

医士把车赶进院子,在门廊上站住。

"请你吩咐工人,老大娘,把我的马牵走。"他说。

"我不是老大娘。"

她也的确不是老大娘。她熄掉提灯的时候,灯光照在她脸上,医士看到两道黑眉毛,认出这个人就是柳布卡。

"现在上哪儿去找工人?"她一面走进房里,一面说,"有的喝醉酒睡觉了,有的一清早就到列彼诺去了。今天是节日……"

叶尔古诺夫在披屋里拴上他的马,却听到另有马嘶声,这才看出黑地里还立着一匹别人的马,摸到马身上有哥萨克式的鞍子。可见房子里除了女主人以外还有外人。为了稳妥起见,医士把自己的马鞍子卸下来,带着它和他所买的东西走进房里。

他踏进头一个房间,看见那儿很宽绰,炉火烧得正旺,有一股新擦过地板的气味。神像下面那张桌子旁边,坐着一个身材不高的瘦乡下人,年纪四十岁上下,留一把不大的、稀疏的淡褐色胡子,穿着蓝色的衬衫。这个人姓卡拉希尼科夫,是个坏透了的骗子和偷马贼,他的父亲和叔父在博加廖夫卡村开一家饭铺,把偷来的马想方设法卖出去。他也到医院来过不止一次,然而不是来看病,而是跟医师做马生意,问医师有没有马要卖,他老人家愿意不愿意把他的枣红色雌马换一匹浅黄色小骟马。现在他头发上擦了油,耳朵上闪着银耳环,总之,显出过节的样子。他皱起眉头,耷拉着下嘴唇,专心地瞧着一本翻卷了角的大画册。火炉旁边的地板上直挺挺地躺着另一个乡下人,他的脸上、肩膀上和胸脯上盖着一件短皮袄,大概他睡熟了。他身旁放着一双新靴子,近旁有两摊发黑的、溶化的雪水,靴底钉着亮晃晃的铁鞋掌。

卡拉希尼科夫看见医士,打了个招呼。

"是啊,天气很坏……"叶尔古诺夫说,用手心擦着冻僵的膝盖,"雪都灌进衣领里来了,我周身湿透,简直像只水鸡子。我的手枪大概也……"

他取出手枪来,翻来覆去看了一阵,又放回行囊里。然而手枪一点也没发生什么影响,那个乡下人仍旧看他的书。

"是啊,天气很坏……我迷了路,要不是这儿有狗叫,我大概活活冻死了。那可就麻烦了。可是女主人都到哪儿去了?"

"老太婆到列彼诺去了,闺女在烧晚饭……"卡拉希尼科夫回答说。

随后是沉默。医士发抖,哼哼唧唧,往手心里呵热气,缩起身子,做出很冷很累的样子。人可以听见那些余怒未息的狗在院子里吠叫。这使得人心里发闷。

"你是从博加廖夫卡来吗?"医士厉声问那个乡下人。

"是的,从博加廖夫卡来。"

医士闲着没有事做,就开始想那个博加廖夫卡。

那是个大村子,坐落在幽深的峡谷里,因此人在月夜骑着马沿大路走,如果往下看黑暗的峡谷,再抬头看天空,就会觉得月亮正好挂在一个无底的深渊上面,这儿就是世界的尽头似的。那条通往下面的道路很陡,弯弯曲曲,而且十分窄,所以每逢为了医治流行病或者种牛痘而骑着马到博加廖夫卡去,一路上就得提高喉咙嚷叫,或者吹口哨,要不然如果对面遇上一辆大板车,就会卡住,彼此都走不过去。博加廖夫卡的村民以优秀的园艺家和偷马贼闻名。他们的果园很富饶,春天所有的树木都淹没在樱桃树的白花里,临到夏天卖樱桃,一桶只要价三个戈比。人只要付出三个戈比,就可以吃个够。那些村民的妻子生得俊俏,丰衣足食,喜欢打扮得漂漂亮亮,就连工作日也什么活都不做,光是坐在土台上,捉彼此头发里的虱子。

可是后来,脚步声响起来了。柳布卡走进房来,这是个二十岁上下的姑娘,穿着红色连衣裙,光着脚……她斜着眼睛看了看医士,然后从这个墙角走到那个墙角,来回走了两趟。她不是简简单单地走,而是挺起胸脯,迈着细碎的步子。看来,她喜欢光着脚在刚擦过的地板上走来走去,为此特意脱掉了鞋。

卡拉希尼科夫不知为什么笑起来,勾着几个手指头,招呼她走过去。她走到那张桌子跟前,他就把书上的先知以利亚的画片指给她看,那位先知赶着一辆三套马的马车,腾云上天去了。柳布卡把胳膊肘支在桌子上,辫子横过肩膀往下耷拉着。那是一条深褐色的长辫子,辫梢上系着红色丝带,几乎碰到地板。她也笑了。

"真是一幅出色的画儿,妙极了!"卡拉希尼科夫说,"妙极了!"他又说一遍,两只手做出好像要替以利亚拉缰绳的样子。

风在炉子里怒号。有个什么东西咆哮起来,又吱吱地叫,仿佛一条大狗咬住一只老鼠的脖子似的。

"嘿,魔鬼发脾气了!"柳布卡说。

"这是风。"卡拉希尼科夫说。他沉默一会儿,抬起眼睛看着医士,问道:"奥西普·瓦西里伊奇,按你们念书人的看法,这该怎么说,世界上到底有鬼没有呢?"

"老兄,该怎么跟你说呢?"医士回答说,耸起一个肩膀,"要是按科学来说,那么当然,鬼是没有的,因为这是迷信。不过,要是照现在你和我这样简单地看问题,那么干脆说吧,鬼是有的……我这一辈子就见过许多……我念完书以后在龙骑兵团里担任军医士。当然,我上过战场,得过勋章和'红十字'奖章,可是在圣斯忒法诺和约①后,我回到俄罗斯来,在地方自治局工作。就因为我周游过世界,我可以说,我见过的事情别人在梦里都没见过。就连鬼我也见过,那就是说,并不是长着犄角或者尾巴的鬼,那都是胡说。说实在的,我是见过跟鬼差不多的东西。"

"在哪儿见过?"卡拉希尼科夫问。

---

① 1878年俄土战争后俄土两国于土耳其圣斯忒法诺城缔结的和约。

爱　情　集

"在好些地方见过。不必到远处去找,就说去年吧,喏,在这儿,在这个客栈附近,我就遇到过一个鬼……只是晚上不要提他才好。我记得,那一次我是到戈雷希诺村去种牛痘。当然,我照往常那样坐着一辆双轮快车,嗯,赶着一匹马,带着一套用具,此外我身上还带着表和别的东西,所以我一面赶车,一面提防着可别出什么乱子……各式各样的流浪汉多得很哟。我走到蛇谷,这个该死的地方,刚要下坡,忽然间,好家伙,走过来一个人。头发乌黑,眼睛乌黑,整个脸膛像是用烟熏过的……他走到马跟前来,一把拉住左边的缰绳,喊一声:站住!他打量一下马,然后又打量我,后来他松开缰绳,倒没有说什么坏话,只是说:'你上哪儿去?'他的牙龇出来,眼睛凶得很……我心想:嘿,你可真是个鬼!我就说:'我去种牛痘。这干你什么事?'他就说:'既是这样,那就也给我种种痘。'他卷起胳膊上的袖子,把胳膊一直戳到我的鼻子跟前。我呢,当然不再跟他废话,干脆给他种上牛痘,好躲开他。这以后,我一看我那把柳叶刀,它完全生锈了。"

睡在炉子旁边的那个乡下人忽然翻个身,撩开盖在脸上的短皮袄。医士不由得大吃一惊,因为他认出那个人就是先前在蛇谷遇见的陌生人。这个乡下人的头发、胡子和眼睛都像油烟那么黑,他的脸也黑黝黝的,而且右边脸颊上有一颗黑痣,像小扁豆那么大。他讥诮地瞧着医士,说:

"拉住左边缰绳的事,倒是有过的。至于牛痘什么的,那是你胡扯,先生。我压根儿没跟你谈起过牛痘。"

医士心慌了。

"我说的又不是你,"他说,"你既是躺着,就自管躺着好了。"

这个脸皮发黑的乡下人一次也没有去过医院,医士不知道他是什么人,是从哪儿来的。如今瞧着他,医士心里暗自断定这人一定是茨冈。这个乡下人站起来,伸个懒腰,大声打个呵欠,走到柳布卡和卡拉希尼科夫跟前,在旁边坐下,也开始看那本书。他那带着睡意的脸上现出动情和羡慕的神采。

"瞧,梅里克,"柳布卡对他说,"你给我弄几匹这样的马来,我要拿它们套上车子,坐着车到天上走一趟。"

"罪人可上不了天……"卡拉希尼科夫说,"那是圣徒的事。"

随后柳布卡摆饭,端来一大块腌猪油和几根腌黄瓜,还有一个大木盘盛着烤牛肉,已经切成碎块,然后又端来一个煎锅,里面盛着白菜煎腊肠,油花四溅。桌上还出现一个磨玻璃的白酒瓶,等到他们往杯子里斟酒,顿时有一股橙皮的香味弥漫整个房间。

医士心里懊恼,因为卡拉希尼科夫和面色发黑的梅里克只顾互相攀谈,一点儿也不理睬他,倒好像房间里没有他这个人似的。可是他很想跟他们谈谈话,吹吹牛皮,喝一通酒,吃一个饱,而且如果可能,就跟柳布卡调调情。吃晚饭的时候,她有五次在他身旁坐下,她那好看的肩膀仿佛出于无意似的碰着他,她不时伸出手摩挲她宽大的胯股。她是个健康、爱笑、好动的姑娘,一刻也不能消停,一会儿坐下,一会儿站起来,即使坐着,也时而转过胸脯来对着人,时而扭过脸去背对着人,就跟闲不住的人一样,而且她这么转来转去,她的胳膊肘或者膝盖一定会碰到人。

还有一件事也惹得医士不高兴,那就是两个乡下人各自只喝下一杯酒就不再喝了,只剩下他一个人喝酒却未免别扭。然而他又忍不住,喝了第二杯,随后又喝第三杯,把整根腊肠都吃光了。他希望那两个乡下人不见外,把他看成自家人,就决意恭维他们一番。

"你们博加廖夫卡村的人可都是好汉!"他说,把头摇晃一下。

"他们有哪点称得上是好汉呢?"卡拉希尼科夫问。

"喏,比方就拿马来说吧。偷马的本事可不小!"

"哼,这算什么好汉!不过是些酒鬼和小贼

罢了。"

"从前倒是有过好年月,可是那已经过去了,"梅里克沉默一下,说,"他们那班人,如今也许只剩下菲里亚一个人还活在人世,可是就连他也成瞎子了。"

"是啊,只剩下菲里亚一个人了,"卡拉希尼科夫说着,叹口气,"现在他大概有七十岁了。他有一只眼睛给德国的侨民剜出来,另一只也眼力不济了。它生了白内障。从前,本区的警察局长一看见他就嚷道:'嘿,你呀,沙米尔①!'所有的农民也都这样叫他,沙米尔,沙米尔,可是现在大家对他却不称呼别的,只称呼独眼菲里亚了。想当年,他真称得起是好汉!他跟去世的安德烈·格里戈里伊奇,也就是柳巴②的父亲一块儿,有一天晚上摸进罗日诺沃,当时那儿驻扎着一个

---

① 沙米尔(1798—1871),高加索山民宗教民族主义运动的组织者,在高加索东北地区建立了一个特殊的伊斯兰国家,对俄国作战二十五年。
② 柳布卡的爱称。

骑兵团。他们一下子牵走了九匹军马,顶好的骏马,第二天早晨把那些马都卖给茨冈阿丰卡,只收了二十个卢布。是啊!眼下的人呢,专偷醉汉或者睡熟的人的马,而且一点也不敬畏上帝,连醉汉脚上的靴子也扯下来,然后提心吊胆,牵着那匹马跑出二百俄里以外,到市集上去卖,像犹太人那样斤斤较量地讲价钱,直到后来警官把他这个傻瓜抓住了事。这不是找乐子,简直是丢脸!不用说,这都是些没出息的小人物。"

"那么梅里克呢?"柳布卡问。

"梅里克不是我们这儿的人,"卡拉希尼科夫说,"他是哈尔科夫城人,从米日利奇来的。讲到他是条好汉,那倒是实在的。没话说,他是个好样儿的。"

柳布卡狡猾地、快活地瞧着梅里克,说道:

"是啊,怪不得他让那些好人塞进冰窟窿里去了。"

"这是怎么回事?"医士问。

"是这样的……"梅里克说,笑了,"菲里亚从萨莫

爱　情　集

伊洛夫卡的佃农那儿偷走三匹马,他们当是我干的。萨莫伊洛夫卡的佃农一共有十个,加上长工有三十个人,都是莫罗勘派①教徒……有一次,在市集上,他们派来一个人,对我说:'上我们那儿去看一看,梅里克,我们从市上买回来几匹新马。'我呢,当然,就兴冲冲地到他们那儿去了。他们一伙三十个人,把我的胳膊反绑起来,拉到河边去。他们说:我们要叫你尝尝偷马的滋味。他们已经砸开一个冰窟窿,这时候又在旁边一俄丈开外的地方再凿开一个。然后,你知道,他们拿来一条绳子,穿过我的两个胳肢窝,系上扣子,绳子的另一头拴上一根弯曲的木棒。这根木棒,你知道,能从这个冰窟窿通到那一个。好,他们就把它塞进一个冰窟窿,一直伸到另一个冰窟窿。我呢,原来的衣服全没换,仍旧穿着皮袄,蹬着靴子,扑通一声掉进冰窟窿里!他们站在那儿,有的用脚踹我下水,有的用劈柴的斧子

---

① 18世纪在俄国产生的否认一切宗教仪式的一个教派。

砸我,然后把我从冰底下拉过去,由另一个冰窟窿里揪出来。"

柳布卡打了个冷颤,全身缩成一团。

"起初我冻得发烧,"梅里克接着说,"等到他们把我拉出来,我躺在雪地上动都动不得,那些莫罗勘派教徒站在我身旁,还用棍子打我的膝盖和胳膊肘。我痛得要命!他们打了一阵就走了……我浑身上下都冻僵,衣服上结了冰,我想站起来,可是没有力气。谢天谢地,总算有个村妇赶着车子路过,才把我扶上车,拉走了。"

这中间医士喝了五六杯酒。他心情开朗,也想说点儿不平常的、美妙的事,表示他也是一条好汉,什么都不怕。

"喏,在我们平扎省……"他讲起来。

由于他喝了很多酒,醉得眼神歪斜,也许还由于他两次说谎都被他们揭穿,总之那两个乡下人根本不理睬他,甚至不再回答他问的话。而且,他们在他面前毫不避讳地谈他们那些事,他不由得战战兢兢,心里发凉。这表明他们根本没把他放在眼里。

卡拉希尼科夫的风度是庄严的,就跟沉稳而慎重的人一样。他讲话有头有尾,每次打呵欠都要在嘴上画十字①,谁也不会想到他是个贼,是个抢劫穷人和毫无心肝的贼,他已经坐过两次牢,村社本来做出判决,把他流放到西伯利亚去,后来经他父亲和叔叔用钱赎免了,而他父亲和叔叔也是贼和坏蛋,跟他本人一样。梅里克摆出英雄好汉的架势。他看出柳布卡和卡拉希尼科夫佩服他,就认为自己是一条好汉,一会儿双手叉腰,一会儿挺起胸膛,一会儿伸个懒腰,弄得凳子吱吱嘎嘎响……

吃过晚饭以后,卡拉希尼科夫没有站起来,坐着对神像做祷告,然后他跟梅里克握一握手。梅里克也做了祷告,握一握卡拉希尼科夫的手。柳布卡把饭桌收

---

① 宗教迷信,为了驱邪。

拾干净,在桌上撒下些薄荷味的蜜糖饼干、干炒的榛子、南瓜子,另外还放了两瓶甜葡萄酒。

"祝安德烈·格里戈里伊奇升天堂,永久安息,"卡拉希尼科夫跟梅里克碰杯,说道,"当初他在世的时候,我们常在他这儿聚会,或者在马丁大哥那儿聚会。我的上帝,我的上帝啊!那都是什么样的人,什么样的谈话呀!谈得有意思极了!在座的有马丁,有菲里亚,有斯图科捷伊·费奥多尔……一切都有气派,像那么回事儿……大家玩玩乐乐,多么痛快啊!痛快极了,痛快极了!"

柳布卡走出去,过一会儿戴着一块绿色头巾和几串珠子回来了。

"梅里克,你看卡拉希尼科夫今天给我带来了什么东西!"她说。

她不住照镜子,摇了几次头,好让那几串珠子玎玲玎玲响。后来她打开一口箱子,从里面一会儿取出一件花布连衣裙,带红色和浅蓝色的小花点,一会儿取出另一件红色连衣裙,有绉边,像纸那样窸窸窣窣响,一会儿取出一块新头巾,蓝色的底子配上花花绿绿的彩色。她把这些东西抖搂出来,一面笑一面拍手,仿佛惊讶自己竟有这么多宝贝似的。

卡拉希尼科夫拿过三弦琴来,定好弦,弹起来。医士怎么也听不懂他弹的是哪种曲子,究竟是欢乐的还是悲愁的,因为曲调时而很悲凉,听得人简直想哭一场,时而又快活起来。梅里克忽然纵身一跳,落下地,就在落脚的地方不住跺他的靴后跟,随后张开胳膊,单用靴后跟从桌旁移到炉子那儿,再从炉子旁边移到箱子跟前,然后好像被蛇咬了一口似的往上一跳,把两个铁鞋掌在半空中一磕,接着就蹲下去跳跃不停。柳布卡抡起两条胳膊,发出死命的一声尖叫,跟着他跳动。起初她侧着身子阴险地走动,仿佛打算溜到谁的身后,给他一拳似的,同时她用脚后跟极快地跺地板就跟梅里克用靴后跟跺地板一样。随后她像陀螺似的团团转,略微把身子往下蹲,她那件红色连衣裙就胀起来,像是一口钟。梅里克恶狠狠地瞧着她,龇出牙,一路蹲着跳到她跟前,仿佛打算抬脚把她踩死似的,她呢,跳起来,头往后仰,挥动着两条胳膊,像是一只大鸟拍着翅膀,几乎脚不点地,飘过整个房间。……

"嘿,一团火似的姑娘!"医士坐在箱子上观赏他们跳舞,暗想道,"好一团烈火!哪怕为她牺牲一切也会嫌太少呢……"

他暗自惋惜:为什么他是个医士而不是个普通的乡下人呢?为什么他穿着上衣,戴着表链,坠着镀金的钥匙,而不穿一件蓝衬衫,腰上系一根绳子呢?要是那样的话,他倒可以放胆唱歌,跳舞,喝酒,像梅里克那样伸出两条胳膊去搂住柳布卡了……

由于剧烈的跺脚声、嚷叫声、喧闹声,食器柜里的盘盏就玎玲玎玲响起来,蜡烛上的火苗跳动不停。

线断了,珠串散开,珠子洒在地板上,绿色头巾从头上掉下来,柳布卡摇身一变,成了一朵红云和两只亮晶晶的黑眼睛,梅里克的胳膊和腿仿佛一转眼间就要散架似的。

可是忽然,梅里克最后跺一下脚,就此站稳,纹丝不动……柳布卡累得要命,气也透不过来,扑到他的胸脯上,偎紧他,就跟靠着一根柱子一样。他呢,搂住她,瞧着她的眼睛,温柔而亲切,仿佛开玩笑似的说:

"我一定会找出你家老太婆藏钱的地方。我会打死她,再用一把小刀把你的小喉咙割断,然后放一把火烧掉这家客栈……人家会以为你们是让火烧死的,我呢,拿着你们的钱到库班去。我会在那儿养上一大群马,再买许多羊……"

柳布卡什么话也没回答,光是负疚地瞧着他,问道:

"梅里克,库班那地方好吗?"

他什么话也没说,走到箱子跟前,坐下,沉思不语。多半他在想库班吧。

"不过,我该走了,"卡拉希尼科夫说着,站起来,"大概菲里亚在等我。再见,柳巴!"

医士走到院子里看一看,深怕卡拉希尼科夫骑着他的马走掉。风雪仍旧在逞威。一团团白云飘过院子,那些白云的长尾巴钩住杂草和灌木。围墙外面,旷野上,有些身穿白色尸衣的巨人张开宽阔的衣袖,转动不停。他们倒下去又站起来,抡开胳膊互相厮打。好大的风,好大的风啊!光秃的桦树和樱桃树受不住狂风那种粗鲁的爱抚,深深地弯下腰去,凑近地面,哭道:

"上帝啊,我们究竟犯了什么罪,使得你硬要我们守着这块地,不放我们走?"

"唷!"卡拉希尼科夫厉声喝道,然后骑上他那匹马。大门原就拉开一半,门旁耸起一个高雪堆,"喂,你倒是快点儿走啊!"卡拉希尼科夫对马吆喝道。他那匹矮小而且腿短的马就走动起来,连肚子都陷在雪堆里了。卡拉希尼科夫在雪地里周身发白,不久就连人带马一齐走出大门以外,不见了。

医士回到房里,柳布卡正在地板上爬来爬去捡珠子。梅里克不在。

"好漂亮的姑娘!"医士暗想,在长凳上躺下,把皮袄垫在脑袋底下,"啊,要是梅里克不在这儿就好了!"

柳布卡在长凳附近的地板上爬来爬去,引得他不住兴奋。他心想:要是这儿没有梅里克,那他一定马上站起来,搂住她,至于以后会怎么样,那是自会有分晓的。不错,她还是姑娘,然而未必会是处女,再者即使是处女,在贼窝里又何必讲客气?这时候柳布卡捡齐珠子,走出去了。蜡烛点完,火苗已经烧到烛台上的纸了。医士把手枪和火柴放在自己身旁,把蜡烛吹灭。神像前面长明灯的灯光摇闪得厉害,刺痛他的眼睛,一个个光点儿在天花板上,地板上,食柜上跳动。在光影中间柳布卡隐约出现了,身子结实,胸脯丰满。她时而像陀螺似的团团转,时而让跳舞累坏了,呼呼地喘气……

"哎,要是魔鬼把梅里克抓走就好了!"他想。

长明灯的灯光最后闪摇一下,发出一点儿溅油的声音,灭了。有个人,大概是梅里克吧,走进房来,在长凳上坐下。他在吸烟斗,烟斗里的光一刹那间照亮了他黧黑的脸颊和脸颊上的黑痣。他喷出来的烟气难闻得很,医士的喉咙发痒了。

"你这烟太次,真该死!"医士说,"简直要惹人呕吐。"

"我把燕麦花搀在烟草里了,"梅里克沉默一会儿,说道,"这样,胸口好受点。"

他吸一阵烟,吐几口唾沫,又走出去。过了半个钟头,前堂里忽然灯光明亮。梅里克出现了,穿着皮袄,戴着帽子,随后出现了柳布卡,手里拿着蜡烛。

"你留下来吧,梅里克!"柳布卡用恳求的声调说。

"不了,柳巴。你别留我。"

"听我说,梅里克,"柳布卡说,她的声调温柔缠绵,"我知道你会找到妈妈的钱,杀死她和我,跑到库班去爱上别的姑娘,可是求主跟你同在①。我只要求

---

① 意谓"那也由你"。

你一件事,我的心肝:留下来吧!"

"不,我要去找乐子……"梅里克说,束上腰带。

"你没法去找乐子……要知道,你是走着来的,那你现在骑什么马走?"

梅里克向柳布卡那边低下头,凑着她的耳朵小声说话。她朝门口看了看,含着眼泪笑起来。

"他睡着了,这个好说大话的魔鬼……"她说。

梅里克搂住她,使劲吻她一下,走出去了。医士把手枪放进衣袋,赶快跳起来,跟踪跑出去。

"让开路!"他对柳布卡说,因为她在前堂很快扣上门扣,堵住门口,"让开!你为什么站在这儿?"

"你出去干什么?"

"去看我的马。"

柳布卡又调皮又亲热地从下往上打量他。

"马有什么可看的?你看我得了……"她说,然后弯下腰去,用手指头碰了碰挂在他表链上的镀金小钥匙。

"让开,要不然他就骑着我的马走了!"医士说,"让开,魔鬼!"他叫道,生气地伸出拳头打她的肩膀,使劲用胸脯挤她,想把她从门旁挤开,可是她用力扣紧门,像一个铁打的人似的,"我跟你说,他要跑掉了!"

"哪儿会?他不会跑掉的。"

她喘着气,摩挲她发痛的肩膀,又从下往上地打量他,涨红脸,笑起来。

"你别走,我的心肝……"她说,"我一个人闷得慌。"

医士瞧着她的眼睛,沉吟一下,搂住她,她并没有反抗。

"得了,别胡闹,让开路!"他要求说。

她没有开口。

"我刚才听见了,"他说,"你对梅里克说你爱他。"

"哪儿的话……我爱谁,我心里有数哟。"

她又用手指头碰一下小钥匙,小声说:

"把这个给我……"

爱 情 集

医士把小钥匙解下来,递给她。她忽然伸长脖子,仔细地听一下,现出严肃的脸色,医士觉得她的眼神又冷酷又狡猾。他想起了他的马,这时候很容易就把她推开,跑进院子里。披屋里有一头睡熟的猪发出均匀的、懒洋洋的鼾声,有一头奶牛在撞它的犄角……医士点上火柴,看见那头猪、那头奶牛以及许多看见火亮而从四面八方向他扑过来的狗,然而那匹马却已经不见踪影。他对那些狗不住吆喝,挥动胳膊,脚底下绊着雪堆,脚陷进雪里,跑到大门外面,向黑暗里张望。他尖起眼睛,却只看见雪在飘飞,雪花清楚地形成各种形状的东西,时而有一张死人的苍白的笑脸从黑暗里露出来,时而有一匹白马跑过去,一个女人骑在马上,穿着薄纱连衣裙,时而头顶上飞过一长串白色的天鹅……医士又气又冷,浑身发抖,不知道该怎么办才好,拿出手枪对那些狗放了一枪,却一条也没有打中,他跑回房里去。

他走进前堂,清楚地听见有人从房间里溜出去,把房门碰响。房间里漆黑。医士推门,门却扣上了。于是他一根连一根地划亮火柴,跑回前堂,从那儿走进厨房,从厨房走进一个小房间,四壁挂着女人的衣服和裙子,有矢车菊和茴香的气味,墙角上火炉旁边放着一张什么人的床,床上的枕头堆得像山那么高,这儿大概是老太婆,柳布卡的母亲住的房间吧。从这儿他又走进另一个房间,也很小。他在这儿看见了柳布卡。她睡在一口箱子上,盖着一条花花绿绿的、用零碎布头缝成的棉被,假装睡熟了。她床头上方,点着一盏长明灯。

"我的马在哪儿?"医士厉声问道。

柳布卡一动不动。

"我的马在哪儿,我问你?"医士又问一遍,声调越发严厉,揭掉她身上的被子,"我在问你,母鬼!"他嚷道。

她跳起来,跪在箱子上,一只手抓住衬衫,另一只手极力拉住被子,身子缩到墙边去……她瞧着医士,现出憎恶和恐惧的神色,像是一头被捉住的野兽,眼睛狡猾地盯紧他的动作,连最小的动作也不放过。

"你说马在哪儿,要不然我就把你的魂灵打出窍!"医士嚷道。

"走开,讨厌的家伙!"她用嗄哑的声音说。

医士抓住她衬衫的领子,一下子就把衬衫扯破了。这时候他再也忍不住,就用尽气力搂抱那个姑娘。可是她气得喘吁吁的,溜出他的怀抱,腾出一只手来(另一只手缠在破碎的衬衫里),捏成拳头,照准他的头顶打下去。

他的脑袋痛得发昏,耳朵里嗡嗡地响,突突地跳。他往后退去,同时又挨一拳,这次是打在他太阳穴上。他跟跟跄跄,抓住门框免得跌倒,然后摸到放着他东西的那个房间里,在长凳上躺下。他躺了一会儿,从衣袋里拿出火柴盒,毫无必要地一根连一根地划起火柴来,他把火柴划亮,吹灭,丢在桌子底下,又划亮一根,照这样一直把所有的火柴都划完才罢休。

这时候窗外的天光变成蓝色,公鸡啼起来了。他的脑袋却仍旧在痛,耳朵里一片响声,倒好像坐在铁路上一座桥梁底下,听着一列火车从头顶上开过去似的。他好歹穿上皮袄,戴上帽子,至于马鞍和他买来的一大包东西,他却没找到,他的行囊空了,怪不得先前他从院子里走进来,正好有个人从这个房间里溜出去呢。

他在厨房里拿起一根火钩子以防狗咬,然后走到外面,听任房门敞开着。风雪已经停了,外面静悄悄的……他走出大门,白色的旷野像是死了,清晨的天空连一只飞鸟也没有。道路两旁和远处有一片小树林,颜色发青。

医士开始思忖医师在医院里会怎样迎接他,会说些什么话。这件事一定要好好想一想,事先对各种问话准备好答复,可是他的思想变得模模糊糊,终于无影无踪了。他一面走,一面专心想着柳布卡,想着跟他一块儿度过这个夜晚的乡下人。他想起柳布卡打他第二下以后,怎样向地板弯下腰去拾起被子,她那根蓬松的辫子怎样落到地板上。他脑子里乱哄哄的,他不由得暗想：为什么这个世界上有医师，有医士，有商人，有文书员，有农民，而不光是有自由人呢？是啊，自由的鸟雀是有的，自由的野兽是有的，自由的梅里克也是有的，他们不怕谁，也不需要谁！那么，是什么人出的主意，是什么人硬说，早晨必须起床，中午应该吃饭，晚上定要睡觉，医师的职位比医士高，人得住在房间里，只准爱自己的老婆？为什么不恰恰相反，晚上吃饭，白天睡觉呢？啊，要是能不问谁的马骑上就走，要是能够像魔鬼似的策马狂奔，跟风赛跑，穿过旷野、树林、峡谷，要是能爱上一个姑娘，要是能嘲笑所有的人……那多好呀！

医士把火钩子丢在雪地里，伸出前额抵住一棵桦树的冰凉的白树干，沉思不语。他那灰色而单调的生活、他那点儿薪水、他那卑下的职位、那个药房、那种为药膏药罐忙碌不停的生活，依他看来，真叫人瞧不上眼，惹人恶心。

"谁说找乐子是犯罪？"他烦恼地问自己，"哼，凡是说这种话的人,从来也没像梅里克或者卡拉希尼科夫那样自由自在地生活过,也没爱过柳布卡。他们一辈子讨饭,生活得毫无乐趣,只爱自己的癞蛤蟆般的老婆。"

他现在这样想自己:如果他至今没做贼,做骗子,或者做强盗,那也只是因为他没有那种本领,或者还没遇到适当的机会罢了。

一年半过去了。春天,复活节后,有一天,早已被医院辞退而且至今没找到工作的医士,傍晚在列彼诺村一家饭铺里走出来,沿着街道,毫无目的地慢慢走着。

他走出村子,来到旷野上。那儿弥漫着春天的气息,刮着温暖亲切的和风。安静的星夜从天空俯览大地。我的上帝啊,天空是多么深邃,它多么广阔无垠地笼罩着这个世界呀!这个世界创造得挺好,只是,医士暗想,为了什么缘故,有什么理由,把人们分成清醒的和酗酒的,有职业的和被辞退的,等等?为什么清醒的和吃饱的人就安安稳稳坐在自己家里,酗酒的和挨饿的人却得在旷野上徘徊,寻不到安身之处呢?为什么没有工作而且领不到薪水的人就一定会挨饿,没有衣服穿,没有靴子穿呢?这是谁想出来的办法?为什么天上的飞禽和树林里的走兽并不工作,也不领薪水,却生活得逍遥自在呢?

远处,在笼罩着地平线的天边,有一片美丽的深红色火光在颤抖。医士站住,看了很久,心里仍旧在想:为什么昨天他拿走别人的一个茶炊,在酒店里换酒喝了,那就是犯罪呢?为什么呢?

大路上走过两辆大板车,一辆车上睡着一个女人,另一辆车上坐着一个老人,没有戴帽子⋯⋯

"老大爷,这是什么地方起火?"医士问道。

"安德烈·奇里科夫客栈⋯⋯"老人回答说。

于是医士想起一年半以前,在冬天,他在那家客栈遭到过一些什么事,想起梅里克怎样夸口。于是他想象老太婆和柳布卡让人割断喉咙,怎样被火焚化,他嫉妒梅里克了。他又往那家饭铺走去,一路上瞧着那些富足的酒店老板、牲口贩子、铁匠的房子,心里盘算:要是夜间能摸进一个比较富裕的人的家里,那该多好啊!

灾　祸

市立银行经理彼得·谢敏内奇和会计、会计的助手、两名委员一起在夜间被捕下狱了。这场风波后的第二天,银行的监察委员会委员,商人阿甫杰耶夫,跟他的朋友们一块儿坐在他的商店里,说:

"看来,这也是天意。命中注定了的事是逃不脱的。眼下我们在吃鱼子,可是明天一瞧,糊里糊涂下了狱,或者背起了讨饭袋,再不然就干脆死掉了事。什么事都会发生的。现在就拿彼得·谢敏内奇来说吧。……"

他讲个不停,眯细醺醉的小眼睛,他的朋友们喝酒,吃鱼子,听着。阿甫杰耶夫讲起彼得·谢敏内奇昨天还威风凛凛,为大家所尊敬,可是现在却丢尽脸,狼狈不堪了。然后他叹口气,接着说:

"老鼠的眼泪报应到猫身上来了。这些骗子手,也是活该!这些兔崽子既然会捞钱,现在就叫他们受报应好了。"

"当心啊,伊凡·丹尼雷奇,你可别受牵连!"有个朋友说。

"我凭什么受牵连?"

"有个缘故。人家在捞钱,那么,监察委员会是管什么的?恐怕你在账目上总签了名吧?"

"嘿,瞧你说的!"阿甫杰耶夫笑道,"签了名!人家既然把账目送到我店里来,我就随手签上个名完事。那种账目难道我看得懂?不管人家把什么东西送到我跟前来,我反正胡乱签个名了事。即使你现在写个条子,说我杀了人,我也照样会签上名的。我可没有工夫细看,再说我不戴眼镜也看不见。"

阿甫杰耶夫谈了一阵银行的倒闭,谈了一阵彼得·谢敏内奇的命运,然后就跟他的朋友们一块儿到一个熟人家里去吃馅饼,这个熟人的妻子今天过命名日。在命名日宴会上,所有的客人不谈别的,只谈银行的倒闭。阿甫杰耶夫讲得比所有的人都激烈,口口声声说他早已料到银行会倒闭,还在两年以前就知道银行里的事不大清白。大家吃馅饼的时候,他一连讲了他所知道的十种违法勾当。

"既然您知道,那您为什么不告发呢?"有一个参加命名日宴会的军官问他说。

"知道的又不止我一个人,全城都知道嘛……"阿甫杰耶夫笑着说,"再者我也没有工夫到法院去打官司。去他们的!"

他吃完馅饼后休息一阵,吃午饭,饭后又休息一阵,就到一个由他做教会委员的教堂里去做晚祷,做完晚祷后又回来参加命名日宴会,饭后玩"优先权"①,一直到午夜才散。看来样样事情都称心如意。

可是午夜后阿甫杰耶夫回到自己家里,给他开门的厨娘却脸色苍白,不住地发抖,连一句话也说不出来。他的妻子叶丽扎威达·特罗菲莫芙娜,一个虚胖的老太婆,正坐在大厅里一张长沙发上,她白发散乱,全身发颤,眼珠胡乱地转动,像是喝醉了酒。她的大儿子,中学生瓦西里,也脸色苍白,神情十分激动,端着一杯水,站在她身旁,显得手忙脚乱。

"这是怎么回事?"阿甫杰耶夫问,生气地斜着眼睛看火炉(他家里的人常常煤气中毒)。

"刚才法院的侦讯官带着警察来了……"瓦西里回答说,"他们搜查了一通。"

阿甫杰耶夫往四下里看一眼。立柜、五斗橱、桌子,都带着刚刚搜查过的痕迹。阿甫杰耶夫呆站了一

---

① 一种牌戏名。

会儿,仿佛吓傻了,什么也不明白,然后他的五脏六腑开始发抖,变得沉重,他的左腿发麻了。他受不住浑身的颤抖,就趴在长沙发上,听见他的五脏六腑一齐在翻腾,他那不听使唤的左腿不住地磕碰长沙发的靠背。

大约有两三分钟,他想起他的种种往事,然而没有发现他犯过什么罪行足以引起司法当局的注意。……

"这全是胡闹……"他说着,坐起来,"这一定是有人诬陷我。明天我得去申诉,好叫他们不敢再干这种事。……"

阿甫杰耶夫通宵没睡,第二天早晨照常到自己的商店去。顾客们给他带来消息,说昨天晚上检察官又下令把银行的副经理和文牍员也监禁起来。这个消息并没引得阿甫杰耶夫心里不安。他相信他受了诬陷,如果他今天去申诉一下,那么法院侦讯官就要为昨天的搜查担不是。

九点多钟他跑到市政府去找秘书,这人是市政府中唯一受过教育的人。

"符拉季米尔·斯捷潘内奇,这搞的是什么把戏?"他凑着秘书的耳朵讲起来,"人家贪污,这跟我有什么相干?这是什么道理?亲爱的人,"他小声说,"昨天晚上我家里遭到了搜查!皇天在上,这是真的。……他们变成恶魔了还是怎么的?为什么要来找我的麻烦?"

"因为人不应该做一头任人摆布的羊,"秘书平心静气地回答说,"在签名以前得仔细看一看才对。……"

"看什么?我就是把那些账目看上一千年,也还是看不懂!我才看不懂那些鬼把戏呢!难道我是会计师?人家既是把它送到我跟前来,我就好歹签个名算了。"

"对不起。这些都不谈,总之您和整个委员会跟这个案子有严重的关系。您没有交任何担保品就从银行里借去了一万九千卢布。"

"求上帝保佑吧!"阿甫杰耶夫吃惊地说,"难道只有我一个人借过钱吗?全城的人都借过!我付利息的,以后还会还清债款。求主保佑你才好!而且,说老实话,难道是我自己要借那笔钱吗?那是彼得·谢敏内奇硬塞给我的啊。他说:'你拿去,拿去。'他还说:'要是你不拿,那就是不信任我们,躲开我们。'他说:'你拿去,给你父亲建一个磨坊好了。'我这才收下了。"

"哼,您要明白,只有小孩和糊涂虫才会说这种话。可是,不管怎样,先生,您还是用不着担心。当然,您免不了要受审,不过他们一定会判您无罪开释的。"

秘书的冷淡平静的口吻对阿甫杰耶夫起了镇定作用。他回到自己的商店里,见到他的朋友们,就又一块儿喝酒,吃鱼子,高谈阔论。他差不多已经忘掉搜查的事了,只有一件事他不能不注意到,而且使他心神不安,那就是他的左腿有点古怪地发麻,他的胃也不知什么缘故根本不能消化食物了。

当天傍晚,命运又对阿甫杰耶夫开了响亮的一枪:

在市议会的临时会议上,银行全体人员,包括阿甫杰耶夫在内,一概被革除市议员头衔,因为他们处在受审和侦讯的情况下。第二天早晨他接到一份公文,要求他立即放弃教会委员的名分。

随后,命运究竟对阿甫杰耶夫还开过多少次枪,他自己也数不清了。对他来说,那些从来也没有过的古怪日子一个接一个很快地闪过去,每天都带来新的和意外的奇事。此外,法院侦讯官给他送来了传票。他从侦讯官那儿回到家里,一肚子委屈,脸色通红。

"他死命追问我,就跟把刀架在我脖子上一样:你为什么签名?签名就是签名,这有什么可说的!难道是我故意签的?人家把账目送到我店里来,我这才签了名。那些写出来的东西,我根本就看不懂啊。"

有一些脸色冷漠的年轻人来了,封闭商店,把房子里全部家具开列了一张清单。阿甫杰耶夫觉得很委屈,疑心这里面有阴谋,仍旧觉得自己并没犯什么罪,就跑遍各处衙门去申诉。他往往在前厅一连等候好几

个钟头,长时间地诉说,哭泣,吵骂。对于他的申诉,检察官和侦讯官却冷淡而振振有词地回答说:

"传您的时候您再来,现在我们没有工夫。"

另外的人回答他说:

"这不关我们的事。"

秘书,那个受过教育、阿甫杰耶夫觉得能够帮自己忙的人,光是耸耸肩膀,说:

"这怪您自己不对。您不应该当绵羊嘛。……"

老人四处奔走,他的腿仍旧发麻,胃口更坏了。闲散的生活使他厌倦,贫穷跟着就来了,于是他决定到他父亲的磨坊去工作,或者找他的哥哥去做麦子生意,然而当局不许他离开这座城。他家里的人动身到他父亲那边去了,撇下他一个人留在城里。

日子一天天飞过去。这个前任的教会委员,体面而受尊敬的人,没有家庭,没有工作,没有钱,成天价到朋友们的商店去,喝酒,吃菜,听别人出主意。每到早晨和傍晚,他为消磨时间就到教堂里去。他一连几个钟头瞧着神像，不做祷告，只顾想心思。他的良心是清白的，他把他眼前的处境解释为错误和误会的结果。依他的看法，这些事所以会发生，只是因为侦讯官和官员们年轻，缺乏经验，他觉得假如有个年老的法官跟他恳切而详细地谈一谈，那么一切事情又会走上正轨的。他不了解那些法官，他觉得那些法官也不了解他。……

日子一天天过去。经过难忍难熬的长久拖延以后，开庭的时间终于到了。阿甫杰耶夫借来五十卢布，为他的腿储备一些酒精，为他的胃买下一些草药，然后动身到高等法院所在的那座城里去了。

公审持续了一个半星期。受审期间，阿甫杰耶夫坐在那些受难的同伴中间，表现出令人尊重的、无辜受累的人所应有的沉稳尊严的态度。他听着，可是简直一句话也没听懂。他心里很反感。他生气，因为开庭的时间太久，因为没处找到持斋的素食，因为他的辩护人不理解他，他觉得这个辩护人讲的话都不对头。他觉得法官们也没有按照应有的方式进行审问。他们几乎根本不把阿甫杰耶夫放在眼里,三天当中只问过他一次话,而且他们对他提出的问题简直莫名其妙,阿甫杰耶夫每次答话,总会在旁听席上引起一阵哄笑。等到他忽然讲到他的花费和损失,讲到他要求赔偿诉讼费,他的辩护人却回转身来对他做个难看的鬼脸,招得旁听者笑起来,审判长厉声申明,说这与案情无关。他最后一次发言,没有按辩护人教给他的那么说,却讲了些完全不同的话,这又引起一片笑声。

临到陪审员们到议事室里去会商判决的那段可怕的时间,他坐在饮食部里生气,完全不去想那些陪审员。他不懂:事情既然这么明白,他们何必还要会商这么久,他也不明白他们究竟要拿他怎么办。

他觉得肚子饿了,就要求仆役给他拿一点斋期的便宜吃食来。仆役给他送来一份冷鱼加胡萝卜,收去四十戈比。他吃下去,立刻觉得冷鱼像一团沉重的东西在他胃里滚来滚去。他开始打嗝,感到胃里灼热、发痛。……

后来他听首席陪审员宣读问题单①的各项答复,他的内脏翻腾起来,周身冒出冷汗,左腿发麻。他没逐字逐句地听下去,什么也没听明白,光是难受得不得了,因为他不能坐着或者躺着听首席陪审员宣读,最后庭上总算允许他和他的同伴们坐下,随后高等法院的检察官站起来,说了些叫人听不懂的话。顿时,仿佛从地里钻出来似的,不知从哪儿来了一些宪兵,举着出鞘的军刀,把所有的被告团团围住。他们叫阿甫杰耶夫站起来,走出去。

这时候他才明白他被判了罪,看押起来了,可是他并不恐慌,也不惊讶。他胃里闹得很厉害,他根本顾不上那些押解兵了。

"这是说,现在他们不放我们回旅馆里去了?"他问他的一个同伴说,"可是我的房间里还放着三卢布

---

① 法庭就案情要点拟出一系列问题,列成单子,交陪审员们会商答复,然后法庭根据答复做出判决。

的钱和一包四分之一磅的茶叶没动用过呢。"

他在警察分局里过夜,通宵感到鱼在胃里作梗,心里想着那三卢布和四分之一磅茶叶。一清早天空刚刚发蓝,人家就吩咐他穿好衣服动身。有两个兵,枪上安着刺刀,把他押到监狱去。以前,他从来没有觉得城里的街道竟有这么长,总也走不到尽头。他不是沿着人行道走,却沿着街中心,在刚融化的、泥泞的雪地上走。他的内脏仍旧在跟那条鱼搏斗,左腿也仍旧发麻。他把他的雨鞋不是忘在法院里就是忘在警察分局里,他的两只脚都冻僵了。……

过了五天,所有的被告又给押到法庭上去听取判决。阿甫杰耶夫听见他被判决流放到托博尔斯克省。这并没使他恐慌,也没使他惊奇。不知什么缘故,他觉得审问还没完结,还要拖延下去,还没做出真正的"判决"。……他住在监狱里,天天等候这个判决。

半年后他的妻子和儿子瓦西里来跟他告别。他几乎认不出这个装束寒酸的瘦老太婆就是他以前那个养得很胖、颇有气派的叶丽扎威达·特罗菲莫芙娜了,他看见他儿子身上穿的也已经不是中学制服,而是一件又短又旧的上衣和一条花条布的裤子,直到这时候,他才明白:他的命运已经最后决定,不管将来那个新的"判决"怎么样,他的过去反正已经不能挽回了。于是,从他受审和坐监以来,他头一次收起他脸上的气愤神情,痛心地哭起来。

严　寒

某省城准备在主显节那天为慈善性募捐举办一次"民众"游艺会。他们在市场和主教府之间选定河当中一块宽阔的地段，四周用粗缆、云杉、旗帜圈起来，装上种种设备，供滑冰、滑雪橇、滑雪坡用。这个盛会的规模要尽量大。发出去很多海报，上边写明的乐事可真不少，有溜冰啦，军乐队啦，每张彩票都不落空的摸彩会啦，大放光明的人造小太阳啦，等等。然而，由于天气酷寒，这些节目差点演不成。从主显节前一天起，严寒达到零下二十八度，而且有风。有人打算让游艺会延期,可是结果没有照办,这完全是因为社会人士对这个游艺会已经盼望很久,等得心焦,怎么也不肯答应推迟举行了。

"得了吧,现在是冬天,哪有不冷的道理!"太太们纷纷劝说主张游艺会延期的省长,"要是有人怕冷,他尽可以找个地方去取暖嘛!"

树木、马匹、胡子都由于严寒而变白,连空气也好像受不住寒冷,噼噼啪啪响起来。不过,尽管这样,水被除仪式结束以后,溜冰场上立刻有挨冻的警察出现,下午一点钟整,军乐队开始奏乐了。

下午三点多钟,游艺会正开得热闹,当地的上层人士聚集在河岸上为省长搭建的阁子里取暖。这儿有老省长和他的夫人,有主教,有法院的审判长,有中学校长,还有许多其他的人。太太们坐在圈椅上,男人们拥到宽阔的玻璃门前面,观看溜冰场。

"啊,圣徒呀,"主教惊奇地说,"他们用腿玩出多少花样!说真的,有的歌唱家用喉咙唱出的花腔都及不上这些调皮鬼用腿耍出的花样哩。……哎呀,他要摔死了!"

"这一个叫斯米尔诺夫……这一个叫格鲁兹杰夫。"校长说,叫出一个个在阁子前面滑过的中学生的名字。

"嘿,他居然还活着哩!"省长笑着说,"诸位先生,你们看,我们的市长来了。……他正往我们这边走来。哎呀,糟糕,他马上就要说个没完,把我们烦死了!"

一个矮小精瘦的老人穿着狐皮大衣,敞着怀,戴一顶大便帽,从对岸走到阁子这边来,一路上躲开那些滑冰的人。他是市长叶烈美耶夫,商人,财主,是省城的老居民。他冷得张开胳膊,缩起脖子,蹦蹦跳跳,这只套靴碰着那只套靴,分明要赶快避开寒风。他走到半路上忽然弯下腰,溜到一位太太背后,拉一下她的衣袖。等到她回过头来,他却已经跑掉,大概因为吓了她一下而觉得满意,发出响亮而苍老的笑声来了。

"这个老家伙可真活泼!"省长说,"奇怪,他何不索性溜一溜冰呢。"

市长快要走到阁子跟前,就迈着小碎步,抡开胳膊,紧跑几步,用他那双大套靴在冰上一滑,一直滑到了门口。

"叶果尔·伊凡内奇,您该买双冰鞋才对!"省长迎着他说。

"我自己也这么想!"他脱掉帽子,用喊叫般的、略带鼻音的男高音说道,"祝您健康,大人!大主教,神圣的主宰!其余所有的先生们,长命百岁!嘿,真是冷!嗯,这才称得上是严寒,求上帝保佑吧!要冻死人了!"

叶果尔·伊凡内奇眯着冻得发红的眼睛,在地板上顿着两只穿了套靴的脚,不住拍两只手,像挨冻的马车夫一样。

"这种该死的冷天气,比任什么狗都可恶!"他接着说,满脸笑容,"简直叫人活受罪!"

"这于健康有益处呢。"省长说,"严寒锻炼人的筋骨,使人生机勃勃。"

"虽然这于健康有益处,不过也还是完全免了的好。"市长说着,用手绢擦他那把楔形的胡子,"没有它,倒好些! 我是这样理解的,大人,上帝打发它来,打发严寒来,是为了惩罚我们哟。我们夏天犯罪,冬天受罚。……对了!"

叶果尔·伊凡内奇很快地往四下里看一眼,把两只手一合。

"那种东西……那种能叫人暖和过来的东西,在哪儿啊?"他问,先是惊恐地看一眼省长,然后看一眼主教,"大人! 神圣的主宰! 也许,太太们也冻坏了! 总得喝点那个才成! 这样下去是不行的!"

大家摇着胳膊,纷纷说他们到溜冰场来不是为了暖和身子的,可是市长不理那些话,推开门,弯起手指头招呼人走过来。一个工人和一个消防队员跑到他跟前来了。

"听着,你们到萨瓦青那儿跑一趟,"他叽叽咕咕地说,"你们叫他赶快送来那个……怎么说好呢?到底是什么呢?那么就说,叫他送十杯来……十杯热红酒……要很烫的,或者糖酒什么的也成。……"

阁子里的人都笑起来。

"居然请我们喝这种东西!"

"没什么,我们喝一点……"市长支支吾吾地说,"那么就要十杯好了。……哦,另外还要点本尼狄克丁①什么的……再叫他们烫两瓶红葡萄酒。……哦,给太太们要点什么呢?好吧,叫他们送点蜜糖饼干和核桃来……还有糖果什么的。……那么去吧!快!"

市长沉默了一分钟,然后又开口骂这种严寒,拍着手,顿两只穿套靴的脚。

"不,叶果尔·伊凡内奇,"省长劝他道,"您别说造孽的话了,俄国的严寒自有它的好处。不久以前我读过一篇文章,说是俄罗斯民族有许多优良品质都是

---

① 一种法国蜜酒。

由广大辽阔的土地和这种天气,由残酷的生存斗争造成的。……这完全正确!"

"也许这话确实对,大人,不过,也还是完全没有它的好。当然,以前严寒赶走了法国人,而且各种吃食可以冰冻一下,孩子也可以溜冰……这都是实在的!对于饱暖的人来说,严寒纯粹是一件快活事,然而这在做工的人、穷人、朝圣的人和四处漂泊的人却是极大的祸患和灾难。那是苦事,苦事啊,神圣的主宰!在这种严寒的天气,贫穷就加倍痛苦,盗贼就更加狡猾,坏人就更加凶恶。这是明摆着的事!我现在七十岁了,如今我身上有皮大衣,家里有火炉,有各式各样的朗姆酒①和潘趣酒。现在我不在乎严寒的天气,根本不去理睬它,甚至全不在意。不过,从前是怎样的呢,纯洁的圣母啊!回想起来都觉得可怕!我年纪大,记性差,什么事情都忘掉了。仇人也好,自己的罪恶也好,各种

---

① 一种用甘蔗汁发酵和蒸馏酿成的烈性酒。

倒霉的事情也好,全都忘了,然而严寒的天气却记得一清二楚!我母亲去世的时候,我还是个小淘气,就此成了无家可归的孤儿。……既没有亲戚,也没有熟人,衣服破破烂烂,饿着肚子,没有地方过夜,总之,'我们在这里本没有常存的城,乃是寻求那将来的城'①。那当儿,我找到个差使,白天领着一个瞎老太婆走遍全城,每天挣五戈比。……严寒的天气真是凶狠歹毒啊。我带着老太婆一走出门,就开始受苦。我的创世主啊!首先,我像害了热病似的打哆嗦,缩起脖子,蹦蹦跳跳,然后我的耳朵、手指头、脚就痛起来,痛得就跟有人拿钳子夹住似的。不过这还不算什么,这都是小事,没什么要紧。等到我周身冻僵,那才要命哟。我在严寒里走上三个钟头,神圣的主宰啊,我就变得不像人样儿了。我的腿抽筋,胸口发闷,肠胃缩紧,顶糟的是心痛得没法说。我那颗心一个劲儿地痛,闹得我支持不住,

---

① 引自《新约·希伯来书》,第13章,第14节。此节和第12、13节写到耶稣受苦、受凌辱的情况。

浑身难受,好像手里拉着的不是老太婆,倒是死亡似的。我浑身麻木,成了石头,好比一尊塑像,一面走一面觉得不是我在走,仿佛是别人在替我移动两条腿。等到我的灵魂结成冰,我就昏头昏脑,时而想丢下老太婆,不给她领路,时而又想从小贩的托盘里捞走一个热面包,时而又想找人打架。临了,我总算回到过夜的住处,躲开严寒,到了暖和的地方,可是那也不是什么值得高兴的事!我差不多总是睡不着觉,往往一直熬到半夜,哭哭啼啼,至于为什么哭,我自己也不知道。……"

"趁现在天还没有黑,应该到溜冰场上去走一走,"省长夫人说,她听得厌烦了,"谁跟我一块儿去?"

省长夫人走出去,阁子里的人跟着她一齐拥出去。留下来的只有省长、主教和市长。

"圣母啊!当年我给送到鲜鱼店里去做伙计,过的是什么日子啊!"叶果尔·伊凡内奇接着说,扬起胳膊,这样一来,他那件狐皮大衣就敞开怀了,"我往往天刚亮就上店里去……到八点多钟,我已经完全冻僵,脸色发青,手指头张开,没法扣纽扣,也没法数钱了。我站在冷处,浑身僵硬,心里暗想:'上帝啊,我要照这样一直站到天黑哟!'临到吃午饭,我的肠胃已经缩紧,心也痛了……就是这样!后来我自己做了老板,日子也没有轻松多少。严寒刺骨,可是商店像是捕鼠笼,四面八方都通风。我身上的皮大衣,不瞒您说,糟糕得很,跟鱼皮做的一样,透风。……我周身僵直,脑子发昏,我自己也就变得比严寒还要残忍了,我拧这个伙计的耳朵,差点把他的耳朵拧下来,我打那个伙计的后脑勺。我像个恶棍或者野兽似的盯住主顾,恨不得剥下他的皮。傍晚我回到家里,本来应该睡觉,可是心里不好受,就开口骂家里的人不该靠我养活,吵吵嚷嚷,大闹一通,就是来五个警察也拦不住。由于严寒,我变得凶恶,死命灌酒。"

叶果尔·伊凡内奇把两只手一拍,接着说:

"冬天我们把鱼运到莫斯科去,受了多少罪啊!

圣母!"

他上气不接下气,叙述他把鱼运到莫斯科去的时候,他和他的伙计有过多么惨痛的经历。……

"嗯,是啊,"省长叹口气说,"人吃苦的能力真是惊人!您,叶果尔·伊凡内奇,把鱼运到莫斯科去,我呢,从前打过仗。我想起一件不平常的事。……"

省长就讲起上一次俄土战争时期,他所属的那个中队在一个严寒的晚上,迎着刺骨的大风,一动也不动地在雪地里站了十三个钟头。全中队生怕被敌人发觉,就不生火,不说话,不动弹,而且不准吸烟。……

回忆开始了。省长和市长活跃起来,兴致勃勃,互相打岔,追述他们的经历。主教讲起从前他在西伯利亚工作,怎样坐着狗拉的雪橇出门,有一回大冷天赶路,睡着了,从雪橇上摔下来,差点冻死,等到通古斯人回来找到他,他已经半死不活了。随后,仿佛商量好似的,这几个老人突然停住口,并排坐着,沉思起来了。

"唉!"市长小声说,"我原以为事情都已经忘掉,可是一看见那些运水的人,那些小学生,那些穿着单薄的囚衣的犯人,就什么都想起来了!就拿眼下正在奏乐的乐师来说吧。大概他们的心在痛,肠胃缩紧,嘴唇冻得粘在喇叭口上了。……他们一面奏乐一面暗想:'圣母啊,我们还得在冷地里再熬三个钟头哟!'"

几个老人开始沉思。他们想到人们身上那种比门第还要高贵,比官位、财富、知识还要高贵的东西,想到那种使得最穷的乞丐也可以跟上帝接近的东西,想到人的孤立无援,想到人的痛苦,想到人的忍耐力。……

这当儿空气已经变成蓝色。……两个由萨瓦青派来的茶房推开门,端着托盘,提着一个包严的大茶壶,走进阁子来。等到杯子里斟满茶,空气里弥漫着桂皮和干母丁香花芽的浓重气味,门又开了,一个年轻的、没有生出小胡子的巡官走进来,鼻子冻紫,浑身布满一层白霜。他走到省长跟前,把手举到帽檐那儿,说:

"夫人吩咐我报告您,说她老人家已经离开此地,回家去了。"

大家瞧见巡官伸到帽檐那儿的手指头已经冻僵,张开,瞧见他的鼻子通红,他的眼睛没有光彩,他那顶风帽在靠近嘴的地方挂着一层白霜,不知什么缘故,大家都感到巡官的心一定在痛,他的肠胃一定缩紧,他的灵魂一定麻木了。……

"您听我说,"省长犹豫不决地说,"喝一点热红酒吧!"

"没关系,没关系……喝吧!"市长摇着胳膊说,"不用拘礼!"

巡官就用两只手接过酒杯,走到一旁,规规矩矩,一口口地喝那杯酒,极力不发出一点声音。他一面喝,一面觉得很窘。几个老人默默地看着他,大家暗自觉得巡官的心不再痛了,他的灵魂也变得柔和了。省长叹一口气。

"现在大家该回家去了!"他说着,站起来。"再见! 您听我说,"他对巡官说,"您去对那边的乐师们说一声,叫他们……不要再奏乐了,您再用我的名义要求巴威尔·谢敏诺维奇,叫他设法给他们喝一点……啤酒或者白酒。"

省长和主教跟市长告别,走出阁子去了。

叶果尔·伊凡内奇开始喝热红酒。巡官还没来得及喝完那杯酒,他已经对巡官讲了很多有趣的故事。他的嘴停不住。

逃 亡 者

这件事说来话长。起初巴希卡跟他母亲一块儿冒雨赶路,时而穿过收完庄稼的田野,时而走过林中小路,他的靴子在那儿沾上了黄树叶。他们照这样一直走到天亮。后来他在一个阴暗的穿堂呆站了两个钟头光景,等着开门。穿堂不像外面那么冷,那么潮,然而一刮风,这儿也还是会有雨点飘进来。等到穿堂里渐渐挤满了人,夹在人丛中的巴希卡就把脸贴在一个人的皮袄上,他闻到一股浓重的咸鱼气味,昏昏沉沉地打起盹儿来。可是后来门闩咔嗒一响,房门开了,巴希卡和他母亲就走进候诊室。在这儿又得等很久。所有的病人都坐在长凳上,不动弹,不说话。巴希卡瞧他们一眼,虽然看到许多奇怪和可笑的事,可是也不说话。只有一次,有个小伙子,一只脚跳着走进候诊室,巴希卡才心动了,也想照那样跳一阵。他碰碰母亲的胳膊肘,朝自己的袖口扑哧一笑,说道:

"妈呀,你瞧:家雀儿!"

"不许说话,小孩子家,不许说话!"他母亲说。

有个带着睡意的医士出现在一个小小的窗洞里。

"到这儿来挂号!"他用男低音说。

所有的人,连蹦蹦跳跳的滑稽小伙子也在内,一齐拥到窗洞那儿去。医士对每个人都要问清本名和父名、年龄、住址、病得是否很久,等等。巴希卡从他母亲的答话里才知道他自己不叫巴希卡①,而叫巴威尔·加拉克契奥诺夫,年龄是七岁,不识字,从复活节起就

---

① 巴希卡是巴威尔的小名。

得了病。

挂号以后紧跟着又得站一阵。后来大夫来了,他系一条白围裙,腰上扎一条毛巾,穿过候诊室。他经过蹦蹦跳跳的小伙子身旁,便耸起肩膀,用唱歌般的男高音说:

"嘿,傻瓜!怎么,难道你不是傻瓜?我吩咐你星期一来,可是你星期五才来。对我来说,你根本不来也不碍事,可是,傻瓜呀,你这条腿可就完了!"

小伙子做出一副愁眉苦脸的样子,好像要讨饭似的,眨巴着眼睛说:"您行行好吧,伊凡·米科拉伊奇!"

"现在用不着叫什么伊凡·米科拉伊奇!"大夫学着他的腔调说,"叫你星期一来,你就得听话才对。你是傻瓜,就是这么的。……"

接诊开始了。大夫坐在自己的小房间里,依次喊病人的姓名。从小房间里不时传来尖厉的号叫声、孩子的啼哭声或者大夫的吆喝声:

"喂,你喊什么?我是在杀你还是怎么的?乖乖地坐好!"

后来轮到巴希卡了。

"巴威尔·加拉克契奥诺夫!"大夫叫道。

他母亲吓呆了,仿佛没料到会有这一声喊叫似的。她拉着巴希卡的手,领他走进小房间。大夫坐在他的桌子旁边,拿着一个小槌子信手敲着一本厚书。

"什么病?"他眼睛没看走进来的人,问道。

"这小子的胳膊肘上生了个小疮,老爷。"母亲回答说,她脸上做出仿佛她真为巴希卡的小疮十分难过的神情。

"给他脱掉衣服!"

巴希卡喘吁吁地解开脖子上的围巾,用衣袖擦擦鼻子,然后不慌不忙地脱他的小皮袄。

"你这个娘们儿,你不是上这儿来做客的!"大夫生气地说,"你干吗这么慢?要知道,在我这儿看病的可不止你一个!"

巴希卡连忙把小皮袄丢在地下,由母亲帮着把衬衫脱下来。……大夫懒洋洋地瞧着他,拍拍他裸露的肚子。

"巴希卡老弟,你变成大肚子了!"他说,叹一口气,"好,让我看看你的胳膊肘。"

巴希卡斜起眼睛往一个盛着血红的污水的盆子里看一阵,又瞧了瞧大夫的围裙,哭起来。

"呜——呜!"大夫学他的哭声,"这个调皮的小子都到娶媳妇的时候了,还哭呢! 不害臊。"

巴希卡极力忍住哭,瞧一眼母亲,他的目光流露出恳求的意思:"你到家里可千万别说我在医院里哭过啊!"

大夫检查他的胳膊肘,把它捏一捏,叹口气,咂了咂嘴,后来又捏一下。

"你该挨一顿揍才是,你这个娘们儿,可惜没有人来揍你。"他说,"你为什么早不带他来? 这条胳膊要完蛋了! 你瞧瞧,傻娘们儿,这是他的关节有病!"

"再没有比您更圣明的了,老爷……"女人叹口气说。

"'老爷'。……你让这孩子的胳膊烂掉也不管,如今却来叫'老爷'。他缺了胳膊还能当个什么工人?那你就只好养他一辈子了。要是你自己的鼻子上肿起个疖子,你大概马上就会跑到医院里来了,而这个孩子烂了半年,你却不管。你们都是这个样子。"

大夫点上一支烟。他让那支烟不住地冒烟,嘴里一个劲儿骂那个女人,同时心里暗暗哼着一个曲子,为打拍子而摇头晃脑,不知在想什么心事。赤身露体的巴希卡站在他面前,听着,瞧着冒起来的烟。等到烟熄掉,大夫才惊醒过来,压低喉咙说:

"好,你听我说,娘们儿。这种病用药膏和药水治不好。这得叫他在医院里住下才成。"

"要是非住不可,老爷,那我怎么能不让他住呢?"

"我们会给他动手术。你,巴希卡,就住在这儿吧。"大夫拍着巴希卡的肩膀说,"让妈妈回去,你呢,孩子,就留在我们这儿。我这儿挺不错,孩子,有意思极了!我跟你,巴希卡,等到办完事,就去捉金翅雀,我要给你看一只狐狸!我们一块儿到别处去玩玩!怎么样?你愿意吗?妈妈明天来看你!怎么样?"

巴希卡用询问的眼光瞧着母亲。

"你住下吧,孩子!"他母亲说。

"他肯住下的,他肯住下的!"大夫快活地叫起来,"用不着商量了!我会带他去看活狐狸!我们会一块儿到市集上去买水果糖。玛丽雅·坚尼索芙娜,领他上楼去!"

看来,大夫是个快活而随和的人,喜欢交朋友。巴希卡想顺大夫的心意,特别因为他有生以来从没去过市集,而且巴不得看一看活狐狸才好。可是妈妈不在,那怎么成呢?他沉吟一下,决定请求大夫把妈妈也留在医院里,然而他还没来得及张嘴,就有一个女医士把他带上楼去了。他一面走,一面张开嘴巴看两旁。楼梯啦,地板啦,门框啦,都是又大又直又亮,漆成漂亮的黄色，发散着好闻的素油气味。到处都挂着灯，铺着长方形地毯，墙上安着黄铜的水龙头。不过巴希卡最喜欢的莫过于他们叫他坐的那张床，上面铺着灰色毛毯。他伸手摸摸枕头和毯子，看看病房，断定大夫的日子过得蛮不坏。

这个病房不大，只放着三张床。有一张床空着，另一张床由巴希卡占据了，第三张床上坐着个老人，闪着阴沉的眼睛，咳个不停，往一个大杯子里吐痰。巴希卡坐在床上向门口望出去，可以看见另一个病房的一部分和两张床：一张床上睡着个脸色十分苍白的瘦子，头上放着橡胶袋；另一张床上坐着个农民，张开两条胳膊，头上扎着绷带，样子很像女人。

女医士把巴希卡安置在床上以后，就走了，过一会儿抱着一叠衣服走回来。

"这是给你穿的，"她说，"穿上吧。"

巴希卡脱掉身上的衣服，换上新衣服，心里挺高兴。他穿上衬衫、长裤、灰色小长袍，得意地看一看自己,心想穿着这身衣服在村子里走一趟才好呢。他的想象力就画出他的母亲怎样打发他到河边菜园里去为小猪摘些白菜帮子,他独自走着,男孩和女孩们就围住他,瞧着他那件小长袍眼红。

有个护士走进病房里来,两只手拿着两个锡钵子和锡匙子以及两块面包。她把一个钵子放在老人面前,一个放在巴希卡面前。

"吃吧!"她说。

巴希卡往钵子里看一眼,瞧见油汪汪的白菜汤,汤里还有块肉。他就又想:大夫的日子过得蛮不错,而且大夫也完全不像开头表现的那么脾气大。他端着白菜汤喝了很久,每喝完一匙总要把匙子舔干净。后来钵子里除了肉以外什么也没有了,他就斜起眼睛瞟一下老人,瞧见他仍旧在喝汤,不由得暗暗羡慕。他叹口气,开始吃肉,极力吃得慢,然而他的努力毫无结果:那块肉不久也没有了。剩下的只有一块面包。没有菜而光吃面包是没有滋味的,然而也没有办法。巴希卡想了想,把面包也吃下去了。这时候护士拿着另外的钵子走进来。这一回钵里盛着土豆烤肉。

"你的面包哪儿去了?"护士问。

巴希卡没有答话,光是鼓起脸蛋,吹出一口气。

"哎,你为什么把它吃了呢?"护士用责难的口气说,"那么你就着什么来吃肉呢?"

她走出去,又送来一块面包。巴希卡有生以来从没吃过烤肉,现在一尝,发现挺好吃。肉很快就吃完,这以后就剩下一块比刚才那块大些的面包了。老人吃完菜,把余下的面包收藏在小桌子的抽屉里。巴希卡也想这样做,然而想了想,还是把他的面包吃掉了。

他吃饱以后,就出去散步。对过房间里除了他从门口望见的两个人以外,还有四个人。其中只有一个人引起他的注意。他是个高身量的、极瘦的农民,满脸胡子,神情郁闷。他坐在床上,不住地像钟摆那样摇晃脑袋,摇晃右臂。巴希卡很久都没让眼睛离开他。起初他觉得这个农民摇头晃脑像钟摆那样均匀,倒很有趣,必是要逗大家笑才做出来的,然而他仔细瞧一下农民的脸,才明白这个农民痛得受不了,他就害怕了。他走到另一个病房,看见两个农民,脸膛黑里透红,仿佛涂了一层黏土似的。他们一动不动地坐在床上,脸相古怪,连五官都难分清,看上去活像多神教的两尊神。

"阿姨,他们为什么这个样子?"巴希卡问护士。

"孩子,他们在出天花。"

巴希卡回到自己的病房,在床上坐下,开始等大夫,好跟他一块儿去捉金翅雀,或者去赶集。然而大夫没有来。对过的病房门口,有个男医士进去了。他弯下腰,凑近头上放着冰袋的病人,喊道:

"米海洛!"

睡熟的米海洛一动也不动。医士摆了摆手,走掉了。巴希卡一面等大夫,一面观察邻床的老人。老人不停地咳嗽,往大杯子里吐痰。他的咳嗽声拖得很长,带着吱吱的声响。老人有个特点使巴希卡挺高兴:他每次咳嗽完了,往里吸气,胸中就有个东西在吹哨,唱出不同的调门。

"爷爷,什么东西在你身子里吹哨呀?"巴希卡问。

老人没有答话。巴希卡等了一会儿,又问道:

"爷爷,狐狸在哪儿啊?"

"什么狐狸?"

"活的。"

"还会在哪儿?在树林里呗。"

时间过了很久,大夫却还是没有来。护士端茶来了,骂巴希卡没有把面包留下来到喝茶的时候吃。男医士又来了,打算叫醒米海洛。窗外天色发青,病房里点起灯了,大夫却还是没有来。天色已经太晚,不能去赶集,也不能去捉金翅雀了。巴希卡在床上躺着,开始思索。他想起大夫应许的水果糖,想起母亲的面貌和声音,想起他们小木房里的幽暗,想起火炉,想起唠唠叨叨的奶奶叶果罗芙娜……他忽然觉得寂寞、凄凉了。他想到母亲明天会来接他,就微微一笑,闭上了眼睛。

一阵窸窸窣窣的声音把他惊醒了。对过的病房里有人走来走去,小声说话。在夜灯和长明灯的昏光下,有三个人在米海洛的床边走动。

"我们连床带人一齐抬走呢,还是只抬人?"其中有个人问道。

"光是抬人吧。抬着床走不出这个门口。唉,他死得不是时候,祝他升天堂!"

有个人抓住米海洛的肩膀,另一个人抓住他的腿,于是把他抬起来了。米海洛的胳膊和他那长袍的衣襟无力地垂下来。第三个人,也就是那个像女人的农民,在胸前画了个十字。他们三人脚步声杂乱,踩着米海洛的衣襟,走出病房去了。

睡熟的老人胸中发出吹哨声和高低不同的调门。巴希卡听着那些声音,瞧着黑窗子,害怕地跳下床来。

"妈妈!"他用男低音哀叫道。

他没等人回答就跑到对过的病房里去了。在那儿,夜灯和长明灯的光几乎照不透阴暗,病人们正坐在各自的床上，给米海洛的死亡搅得心神不定。他们跟阴影混在一起，披头散发，身子显得加宽加高，似乎越来越大。在比较阴暗的那个墙角，在尽头的那张床上，坐着一个农民，不住地摇头，摇胳膊。

巴希卡分不清房门，结果跑进天花病人的病房里去了。他从那儿走到过道上，顺着过道闯进一个大房间，房间里的床上有许多怪物坐着或者躺着，满头的长发，脸像老太婆。他穿过妇女病房以后，又到一个过道上，看见他熟悉的楼梯栏杆，就跑下楼去。在楼下，他认出他早晨去过的候诊室，就着手寻找通到外面去的房门在哪儿。

门闩咔嗒一响，冷风刮进来，巴希卡跟跟跄跄跑进院子里。他只有一个想法：快逃，快逃！他不认识路，不过他相信，只要一个劲儿跑，就一定会回到家里，跟母亲在一块儿了。夜色漆黑，可是月亮在密云里放光。巴希卡从门口出去，一直往前跑，绕过一个板棚，跑进荒芜的灌木丛。他站住，想了一会儿，又折回来，往医院那边跑,一直跑到医院后边,又迟疑不定地站住,原来医院楼房后面是个墓园,那儿立着白色的十字架。

"妈妈!"他喊着,又往回跑。

他跑着经过一些乌黑而森严的房屋,看见一个灯光明亮的窗子。

这个明亮的红色斑点在黑暗中出现,显得很吓人,然而巴希卡已经吓得心慌意乱,不知道该跑到哪儿去才好,就索性往窗子那边跑。靠近窗子有个门廊和几级台阶,正门上钉着一块白色的木牌。巴希卡跑上台阶,往窗子里看,突然有一种强烈的、叫人透不出气来的欣喜抓住了他。原来他在窗口瞧见那位高兴而随和的大夫正坐在桌子旁边看书。巴希卡幸福得笑起来,就向那张熟悉的脸伸出两只手,想大叫一声,可是有一种神秘的力量止住他的呼吸,猛敲他的两条腿。他身子摇晃,倒在台阶上,人事不知了。

等他醒过来,天已经大亮。那个很熟悉的、昨天应许他一起去赶集、去捉金翅雀、去看狐狸的声音在他身旁说：

"嘿，傻瓜，巴希卡！难道你不是傻瓜？你该挨一顿揍才是，可惜没有人来揍你。"

男 一 号

男一号①叶甫根尼·阿历克塞耶维奇·波德查罗夫,体态匀称,风度潇洒,生着一张椭圆脸,眼睛下面浮肿,目前为了赶演戏季节,来到南方一个城市。他办的头一件事就是极力跟当地几个有声望的人家应酬周旋。

"是啊,先生②!"他常说,优雅地摆动腿,露出红袜子,"艺术家必须间接地和直接地影响群众。头一种

---

① 原文为法语。
② 原文为意大利语。

目的可以通过舞台上的表演达到,第二种目的却要依靠跟市民们交往才能达到。说实话,说实话①,我就不懂我们的演员同行们为什么不肯跟别人的家庭来往。这是为什么?姑且不谈宴会、命名日盛会、馅饼、例行晚会②,姑且不谈这些快活事吧,只要想想他对社会能够产生多么大的精神影响就够了!你体会到你在把一星火花投到某人麻木的脑瓜子里去,这岂不愉快?而且会碰见各种典型人物哩!还有女人!我的上帝③,什么样的女人啊!叫你看得头昏眼花!你摸进一个商人的大宅子,溜进深闺密室,摘下一只又嫩又红的小橙子,嘿,神仙般的快活啊!说实话!"

在这个南方城市,除了别的人家以外,他还认识了工厂主赛巴耶夫的有声望的家庭。可是如今,他每逢回想这次结交,总是鄙夷地皱起眉头,眯细眼睛,烦躁地揪表链。

---

①②③　原文为法文。

爱 情 集

有一回,那是在赛巴耶夫家的命名日宴会上,这个艺术家坐在他的新相识的客厅里,照例高谈阔论。他四周的圈椅上和长沙发上坐着"各种典型人物",和蔼地听他讲话,隔壁房间里传来女人的笑声和喝晚茶的声音。……他把一条腿架在另一条腿上,讲他在舞台上的成就,每说一句话就喝一口加罗木酒的茶,脸上极力做出满不在乎的厌烦神情。

"我主要是内地的演员,"他说,谦虚地微笑,"不过也在京城演过戏。……我要顺带讲一件事,它充分表现了现代人的心理状态。有一次在莫斯科,那是我的福利演出场[①],青年们送给我那么一大堆桂冠,我敢凭我认为神圣的一切东西起誓,我都没有地方放它们了!说实话!后来,正赶上我缺钱用,就把桂叶[②]送到

---

① 借某一演员生日等机会举行专场演出,使该演员多得收入。
② 烧菜时可作调味用。

商店去卖掉。……你们猜猜看:桂叶有多重?两普特①零八斤②呐!哈哈!这笔钱别提多么经用了。一般说来,艺术家常常很穷。今天我手上有成百上千,明天却又分文不名了。……今天我连一块面包也吃不上,明天却大吃牡蛎和安抽鱼③,见鬼。"

市民们规规矩矩地凑着茶杯喝茶,听他讲话。心满意足的主人,不知道该怎样款待这个受过教育而且有趣的客人才好,就把从外地来的他那远亲巴威尔·伊格纳捷维奇·克里莫夫介绍给他,那人是个四十岁上下的胖子,穿着长礼服和极肥的裤子。

"我来介绍一下!"赛巴耶夫介绍克里莫夫说,"他爱好戏剧,以前自己就演过戏。图拉省的地主!"

波德查罗夫和克里莫夫就攀谈起来。使得他俩大为愉快的是,图拉省地主居住的那个城恰好就是另一

---

① 1 普特等于 16.38 公斤,约合我国 33 市斤。
② 此处指俄斤。1 普特等于 40 俄斤。
③ 都是名贵的菜肴。

号在那儿一连演过两个季节戏的城市。他们就开始谈那个城市,谈双方都认识的熟人,谈剧院。……

"您要知道,我非常喜欢那个城!"男一号说,露出红袜子,"多么好的马路,多么可爱的公园啊……什么样的社交界!多么好的社交界呀!"

"是啊,很好的社交界。"地主同意说。

"那是个商业城,可是文化空气非常浓!……比方说,嗯嗯嗯……中学校长啊,检察官啊……军官啊。……县警察局长也不坏。……这个人,正如法国话所说的,是中心人物①。还有那些女人!真主②啊,什么样的女人哟!"

"是的,女人……确实……"

"也许我偏心吧!不过,事实上,我也不知道为什么,在你们城里,我在恋爱方面走运极了,简直可以写出十部长篇小说来呢。比方就拿这段风流韵事来

---

① 原文为法语。
② 伊斯兰教对上帝的称呼。

说。……当时我住在叶果烈夫斯克街,就是地方金库所在的那幢房子里。……"

"就是那幢没粉刷过的红房子吧?"

"对,对……没粉刷过。……我现在还记得,我隔壁的柯谢耶夫家住着当地的美人儿瓦莲卡。……"

"就是瓦尔瓦拉·尼古拉耶芙娜?"克里莫夫问道,高兴得眉开眼笑,"的确是个美人儿。……在城里首屈一指呢!"

"称得上在城里首屈一指!古典的脸型……又大又黑的眼睛,大辫子齐到腰上!她看过我演的《哈姆雷特》。……她模仿①普希金的达吉雅娜②,给我写了一封信。……我呢,当然,回了信。……"

波德查罗夫往四下里看一眼,相信客厅里没有女人,就转动眼珠,忧郁地微微一笑,叹口气。

---

① 原文为法语。
② 俄国诗人普希金的诗体小说《叶甫盖尼·奥涅金》中的女主人公,她在信中吐露了自己的爱情。

"有一天散戏后,我回到家里,"他放低声音说,"她正在我的长沙发上坐着呢。于是流泪啦,诉说爱情啦……接吻啦……就都开始了。……啊,那真是神魂颠倒的一夜,妙不可言的一夜!后来,我们的恋爱持续了两个月,然而都及不上那一夜。多美的一夜啊,说实话!"

"对不起,这是怎么回事?"克里莫夫嘟哝说,涨红脸,睁大眼睛瞧着演员,"我对瓦尔瓦拉·尼古拉耶芙娜了解得很清楚。……她是我的外甥女!"

波德查罗夫心慌了,也睁大眼睛。

"这是怎么回事,先生?"克里莫夫继续说,摊开两只手,"我了解这个姑娘,而且……而且……这真使我感到惊讶。……"

"我很抱歉偏巧发生了这样的事……"演员支吾道,站起来,用小手指揉他的左眼,"不过……当然,您作为舅舅……"

客人们本来一直愉快地听演员讲话,报以微笑,这时候也觉得难为情,垂下眼帘了。

"不,劳驾把您的话收回去……"克里莫夫极其困窘地说,"我请求您这样做!"

"如果这话……嗯嗯嗯……伤了您,那就遵命!"演员回答说,还做了个意义不明的手势。

"那么请您承认您说了谎话。"

"我?不……嗯嗯嗯……我没说谎话,不过……很抱歉,我没加考虑就说出口了。……可是,总的来说……我不明白您怎么用这种口气说话!"

克里莫夫沉默不语,从这个墙角走到那个墙角,仿佛在思考,或者举棋不定似的。他的胖脸涨得越来越红,脖子上暴起青筋。他来回走了两分钟光景,然后走到演员跟前,带着哭音说:

"不,劳驾,请您承认您说的关于瓦莲卡的事是谎话!劳驾!"

"奇怪!"演员说着,耸了耸肩膀,勉强微笑,摇着腿,"这……这简直是欺人太甚!"

"那么您不愿意承认?"

"我真不懂!"

"您不愿意吗?既是这样,那就对不起了。……我不得不采取不愉快的步骤。……先生,要么现在我当场辱骂您一番,要么……如果您是个高尚的人,就请您接受我的要求,来一次决斗。……我们互相射击!"

"遵命!"男一号清楚地说着,做出鄙夷的姿势。"遵命!"

客人们和主人慌张极了,不知道该怎么办才好,就把克里莫夫拉到一旁,要求他别闹出笑话来。女人们惊讶的脸纷纷在门口出现。……男一号转悠一阵,唠叨几句,然后做出仿佛受了侮辱而不能在这所房子里久留的样子,拿起帽子,没有告辞就走掉了。

男一号走回家去,一路上鄙夷地微笑,耸动肩膀,可是回到旅馆房间里,在长沙发上躺下,却感到惶惶不安。

"见鬼!"他想,"决斗倒没什么关系,他打不死我的,不过麻烦的是同事们都会知道这件事,他们十分明白我是胡扯。糟糕!那我就会在全俄国丢脸了。……"

波德查罗夫沉思一下,吸一阵烟,接着,为了叫自己镇定下来,就上街去了。

"应当跟这个大老粗谈一谈,"他想,"要给他那蠢笨的脑瓜子开一开窍,叫他知道他是蠢材,傻瓜……我根本不怕他。……"

男一号走到赛巴耶夫的房子前边,站住,瞧着窗子。花边窗帘里,仍然灯火辉煌,人影移动。

"我等他出来!"演员决定。

天色乌黑而阴冷。讨厌的秋雨淅淅沥沥下个不停,就跟从细箩里筛出来的一样。……波德查罗夫把胳膊肘倚在路灯的灯柱上,心里乱糟糟的。

他淋湿了衣服,疲惫不堪。

夜里两点钟,客人们才从赛巴耶夫家里走出来。……图拉省地主最后一个在门口出现。他叹一口气,声音响得整条街都能听见,然后他那双沉重的套靴踩在人行道上,发出嚓嚓的响声。

"对不起!"男一号追上他,开口说,"您等一会儿!"

克里莫夫停住脚。演员微笑一下,游移不定,吞吞吐吐地开口说:

"我……我承认……我说的是谎话。……"

"不行,先生,请您当众承认这一点!"克里莫夫说,脸又涨得通红,"这件事我不能就这样放过去。……"

"这我不是在道歉吗!我在求您……您难道不明白?我来求您是因为,您也会同意,决斗会惹出闲话来,我呢,在工作……我有许多同事……上帝才知道他们会怎么想。……"

男一号极力装得满不在乎,微微笑着,把身体挺直,然而他的本性却不听从支配,他嗓音发抖,眼睛负疚地眨巴,头低下去。他叽叽咕咕说了很久。克里莫夫听他讲完,想了想,叹口气。

"好,就这样吧!"他说,"求上帝饶恕您。只是下一次不要再说谎话,年轻人。再也没有比说谎更使人失身份了。……是啊!您年轻,又受过教育。……"

图拉省地主好心好意,用父辈的口吻教训了一番。男一号听着,温和地微笑。……等到那一个讲完,他就赔着笑脸,不住鞠躬,然后缩起身子,迈着负疚的步伐往他的旅馆走去。

过了半个小时,他躺下睡觉,已经感到脱离险境,心情畅快了。他定下心来,由于那场纠纷这样顺利结束而心满意足,就盖上被子,很快睡着了,而且睡得踏踏实实,一直到第二天早晨十点钟才醒过来。

不安分的客人

在守林人阿尔乔木那矮小歪斜的木房里,有两个人在乌黑的大圣像下面坐着:一个就是阿尔乔木本人,是个矮小精瘦的农民,脸容苍老,布满皱纹,胡子一直长到脖子上;另一个是过路的猎人,身材高大的年轻小伙子,穿着红布新衬衫和不透水的大皮靴。他们在三条腿的小桌旁边一条长凳上坐着,桌上点着一支油烛,插在瓶子里,正在懒洋洋地放光。

窗外,漆黑的夜色里,暴风呼呼地响,大自然在雷雨前照例是这样逞威的。风愤恨地哀号着,压弯的树木痛苦地呻吟不已。窗子上缺一块玻璃,糊着纸,人可以听见从树上吹落的叶子纷纷拍打那张纸。

"你听我说,东正教徒……"阿尔乔木压低喉咙,用沙哑的男高音说,他那对一眨也不眨的、似乎害怕的眼睛瞧着猎人,"狼也罢,熊也罢,各种野兽也罢,我统统不怕,唯独怕人。野兽来了,你可以用枪支或者别的什么武器打死它,救出你自己,可是坏人来了,那就任什么解救的办法都使不上了。"

"当然!见着野兽可以开枪,可是你开枪打死一个强盗,你就要负责,那可就要发配到西伯利亚去了。"

"我,老弟,当守林人差不多已经有三十年,我吃过坏人多少苦头,那都没法说了。前后到我这儿来过的坏人,多得数不清啊。这间木房就在林间小路上,这条路通车马,好,他们,那些魔鬼,就都来了。不管什么样的恶棍都会闯进来,帽子也不脱,脑门上也不画个十字,照直跑到你跟前来,说一声:'给我面包,你这老家伙!'可是我上哪儿给他找面包去?他凭什么向我要?莫非我是个大财主,应当喂饱每个过路的酒鬼?他,当然,心里冒火了……他们这些魔鬼是不戴十字架的……不管三七二十一,伸出手来就给你一个耳光:'给我面包!'得,给就给吧。……我可不打算跟他们这些蠢材打架!有的人膀大腰圆,拳头跟你的皮靴一般大,可是我呢,你瞧得出来是什么样的体格。他只要动一动小手指头也能把我弄死。……好,你给了他面包,他就大吃一通,在小木房里大模大样躺下,连个谢字也不跟你说。有时候还有要钱的:'你说,钱在哪儿?'我有什么钱?哪儿会有钱?"

"当个守林人,居然会没钱!"猎人笑道,"月月有薪水,再说私下里恐怕还卖木材呢。"

阿尔乔木惊恐地斜起眼睛看了看猎人,他的胡子颤动起来,就像喜鹊尾巴在颤动似的。

"你还年轻,就跟我说这种话,"他说,"你说这种话可要对上帝负责啊。你是哪一路人?从哪儿来的？"

"我是维亚左甫卡村的。村长涅费德的儿子。"

"你玩枪找乐子。……当初我年轻的时候,也喜欢玩这个。是啊。唉,我们的罪孽深重呀!"阿尔乔木打个呵欠说,"糟透了! 好人很少,坏蛋和杀人犯,求上帝怜恤我们,多得不行啊!"

"你好像也怕我。……"

"咦,哪儿的话! 我怕你干什么? 我看得出……我懂。……你走进屋来,不是要这要那,而是在身上画个十字,规规矩矩地鞠个躬。……我懂。……你就是要面包,也可以给的。……我是个死了老婆的人,不生炉子,茶炊也早就卖了……我穷,肉啊什么的都买不起,不过面包呢,你自管吃好了。"

这时候长凳底下发出呜呜的叫声,在这呜呜声之后又响起嘶嘶的叫声。阿尔乔木打了个哆嗦,把脚缩回去,用疑问的眼光瞧着猎人。

"这是我的狗在惹你的猫,"猎人说,"你们这些魔鬼!"他对长凳底下吆喝一声,"躺下别动!你们在找打!可是,老汉,你的猫好瘦呀!只剩下皮包骨了。"

"它老了,到死的时候了。……那么,这样说来,你是维亚左甫卡村的人!"

"你不喂它东西吃,我看得出来。它虽然是一只猫,可到底是活的东西……能吸气吐气。应当爱惜它才对!"

"你们维亚左甫卡村可不光彩,"阿尔乔木继续说,好像没听见猎人的话,"教堂一年遭两次抢。……居然有这种罪该万死的人,啊?可见他们不但不怕人,连上帝也不怕!打劫上帝的财物!就是把他们绞死都不解恨!在从前,省长总是把这种坏蛋严刑拷打。"

"不管怎么惩罚他们,用鞭子抽也罢,从严定罪也罢,都没什么用。坏人的坏心思是任什么办法也改不掉的。"

"拯救和饶恕我们吧,圣母!"守林人喘吁吁地叹了口气,"拯救我们,让我们躲开一切仇人和冤家吧。

上星期在沃洛维·扎依米希村,有个割草人拿起镰刀朝另一个割草人的胸膛砍。……他把那个人活活砍死了!这都是何苦哟,求上帝保佑吧!先是一个割草人从酒店里出来……喝醉了。他遇上另一个割草人,也喝醉了。……"

猎人本来专心听着,这时候忽然打了个哆嗦,拉长脸,仔细听一下。

"慢着,"他打断守林人的话,"好像有人在喊叫。……"

猎人和守林人定睛瞧着乌黑的窗子,开始静听。在树林的飒飒声中,响起了在一切风暴中紧张的耳朵都能听到的种种声音,因此,究竟是有人在呼救,还是狂风在烟囱里哭泣,就难于分清了。可是猛地一阵风刮过房顶,敲打窗上的纸,带来了清楚的喊叫声:"救命啊!"

"一说杀人犯,杀人犯真就来了!"猎人说,脸色发白,站起来,"有人遭抢了!"

"求主饶恕吧!"守林人小声说,也脸色发白,站起来。

猎人毫无目的地瞧了瞧窗外,然后在屋里走来走去。

"这个夜晚啊,什么样的夜晚啊!"他嘟哝道,"黑得伸手不见五指!正是抢劫的时候!听见了吗?又喊了一声!"

守林人瞧了瞧圣像,再把眼睛从圣像移到猎人身上,然后往长凳上一屁股坐下去,就像一个人听到意外的消息,吓坏了,浑身瘫软似的。

"东正教徒啊!"他用含泪的声音说,"你到前堂去一趟,插上门闩! 应当把烛火熄掉才成!"

"这是为什么?"

"保不定他们会跑到这儿来呢。……唉,我们的罪过啊!"

"应当出去救人才对,你却要插上门闩! 嘿,你这个脑瓜子可真够聪明的! 我们走吧,好不?"

猎人把枪扛在肩上,拿起帽子。

"你穿上衣服,带上枪!喂,弗列尔卡,走!"他对狗喊道,"弗列尔卡!"

从长凳底下走出一条狗来,是猎犬和看家狗的杂种,两个长耳朵被咬坏了。它在主人脚旁伸了个懒腰,开始摇尾巴。

"你呆坐着干什么?"猎人对守林人喊一声,"莫非你不去?"

"上哪儿去?"

"救人去!"

"我哪儿成!"守林人摇一下手,全身缩成一团,"求上帝保佑他吧!"

"为什么你不肯去?"

"刚才谈得那么可怕,现在要去摸黑,我连一步路也走不动。求上帝保佑他吧!我在树林里什么没见过?"

"你怕什么?莫非你没有枪?咱们走吧,劳驾。

一个人去害怕,两个人就胆壮了!听见了吗?又喊了一声!站起来!"

"你把我看成什么人了,小伙子!"守林人哀叫道,"难道我是傻子,自己去送死?"

"那么你不去了?"

守林人一声不响。狗大概听见了人的吵嚷声,就发出凄凉的吠叫。

"你去不去,我问你?"猎人大叫一声,恶狠狠地瞪大眼睛。

"天呐,他缠住人不放!"守林人皱起眉头说,"你自己去好了!"

"哼……坏蛋!"猎人嘟哝着,回转身往门口走去,"弗列尔卡,走!"

他走出去,敞开了大门。风刮进小木房来。烛火不安地闪烁着,猛然一下,熄了。

守林人等猎人走后,就去关门上闩,看见林间小路上的水洼和附近一棵棵松树,闪电照亮客人走远的身影。远处响起了隆隆的雷声。

"神圣的,神圣的,神圣的……"守林人小声念叨着,赶紧把粗门闩插在大铁环里,"上帝送来了这样的天气!"

他回到屋里,摸黑爬上灶台,躺下,从头到脚盖好。他躺在皮袄底下,紧张地听着,再也没听见人的喊叫声,然而另一方面,雷却打得越来越猛,越来越响。他听见被风刮过来的大雨点愤怒地敲打窗上的玻璃和纸。

"魔鬼把他支使走了!"他寻思着,暗自想象猎人被雨水淋透,脚底下绊着树桩,几乎跌倒,"恐怕他吓得牙齿在打战哩!"

至多过了十分钟,响起了脚步声,随后就是有力的敲门声。

"谁啊?"守林人喊道。

"是我,"传来猎人的说话声,"开门!"

守林人从灶台上爬下来,摸到油烛,点上,走去开门。猎人和狗都淋得湿透了。他们正赶上最大最密的雨。现在雨水从他们身上淌下来,好像是从没拧过的湿衣服上淌下来似的。

"出了什么事?"守林人问。

"一个村妇赶着一辆大车,走错了路……"猎人回答说,极力压下喘息,"她把车赶进灌木林去,出不来了。"

"瞧这个傻娘们儿!那么她害怕了。……怎么样,你把她带到大路上去了?"

"我不愿意回答你这个混蛋。"

猎人把湿帽子丢在长凳上,继续说:

"我现在算是把你看透了!你是混蛋,是最没出息的人。居然是个守林人,还拿薪水呢!真是个坏蛋。……"

守林人踩着自觉有罪的步子往灶台那边慢慢走去,喉咙里发出嘎嘎的声响,躺下来。猎人在长凳上坐下,沉思一会儿,没脱掉湿衣服,也在长凳上直挺挺地

躺下。过了一会儿,他爬起来,吹灭油烛,又躺下。响起了一阵特别响的雷声,他翻个身,啐口唾沫,嘟哝说:

"他害怕。……可万一那个村妇让人杀了呢?谁该去帮她?你居然是个老年人,是个教徒呢。……简直是一头猪。"

守林人清了清嗓子,长叹一声。弗列尔卡在黑暗里不知什么地方使劲抖一下淋湿的身体,往四下里洒下不少水珠。

"这么看来,即使那个村妇被人杀死,你也不放在心上?"猎人继续说,"喏,我说了假话就叫上帝打死我,我没想到你是这么一个人。……"

紧跟着是沉默。风暴已经过去,隆隆的雷声退到远处去了,然而雨还在下。

"打个比方说,要是喊救命的不是村妇而是你呢?"猎人打破沉默说,"要是谁也不跑去救你,你这畜生觉得好受吗?你这种卑鄙惹得我一肚子的气,你这该死的!"

后来,经过一段很长的间歇后,猎人说:

"这样看来,既然你怕人,那你一定有钱!没钱的人就不怕人。……"

"你说这种话可要对上帝负责啊……"阿尔乔木在灶台上用沙哑的喉咙说,"我没有钱!"

"嗯,是啊!坏人永远有钱。……你为什么怕人?可见你有钱!我恨不得捣一下乱,偏要把你的钱抢走,好叫你明白明白!"

阿尔乔木不出声地从灶台上爬下来,点上油烛,在圣像底下坐着。他脸色惨白,定睛瞧着猎人。

"我索性把你的钱抢走,"猎人继续说,站起来,"你觉得怎么样?对你们这号人就得教训一下!你说,钱都藏在哪儿?"

阿尔乔木盘起两条腿,把它们缩在身子底下,开始眨巴眼睛。

"你缩头缩脑干什么?你的钱藏在哪儿?你这个魔鬼,舌头没有了还是怎么的?你怎么不说话?"

猎人跳起来,走到守林人跟前。

"他把眼睛瞪得那么圆,跟猫头鹰似的!怎么样?把钱拿出来,要不然我就要开枪!"

"你为什么跟我过不去啊?"守林人尖声叫道,大颗泪珠从眼睛里扑簌簌滚下来,"这是为什么?上帝什么都看得见!你说这种话要在上帝面前负责。你根本没有权利向我要钱!"

猎人瞧了瞧阿尔乔木哭泣的脸,皱起眉头,开始在屋里走来走去,然后气愤地把帽子戴上,低低地压在额头上,拿起枪来。

"哎……哎……瞧着你都讨厌!"他咬牙切齿地说,"我不能再待在这儿瞧着你!反正我在你这儿也没法睡觉。再见!喂,弗列尔卡!"

大门砰的一响,这个不安分的客人带着他的狗走出去了。……阿尔乔木等他走后,关门上闩,在胸前画个十字,躺下来。

受 气 包

基斯土诺夫尽管闹了一夜很厉害的痛风病,弄得神经快要受不住了,可是第二天早晨仍旧动身去上班,按时接见到银行里来办交涉的人和银行顾客。他的模样憔悴疲乏,说话声音很小,上气不接下气,好像快要死了。

"您有什么事?"他对一个来办交涉的女人说,她穿一件非常旧的大衣,从背后看去很像一只大蜣螂。

"请您听我说,老爷,"女人开口了,讲得很快,"我丈夫是八等文官舒金,一连病了五个月。他正躺在家里养病,可是人家却无缘无故把他辞退了,老爷。我去领他的薪水,可是不瞒您说,他的薪水给扣掉了二十四卢布三十六戈比!我就问:这是什么缘故?人家说:'他从互助金里借用过这笔钱,由别的文官给他做的保。'这是怎么回事啊?难道他不经过我的同意就会在外头借钱?不会有这种事的,老爷。那么,他们怎能这么干?我是个穷女人,全靠房钱吃饭。……我是个弱女子,受气包。……我受了气只能忍着,从来也听不到人家一句好话。……"

这个来办交涉的女人开始眨巴眼睛,把手伸到大衣里拿手绢。基斯土诺夫从她手里接过呈子,看了一遍。

"对不起,这是怎么回事?"他耸耸肩膀说,"我一点也不明白。太太,您显然走错了地方。您的请求实际上跟我们完全没有关系。请您费神到您丈夫工作过的那个机关里去申诉吧。"

"哎呀,老天爷,我已经去过五个地方,那些地方连我的呈子都不肯接!"舒金太太说,"我简直没有主意了,不过谢天谢地,求上帝保佑我的女婿包利斯·玛特威伊奇平安吧,多亏他指点我来找您。他说:'妈,您去找基斯土诺夫先生,他是个有势力的人,什么事都能给您办到。'……您帮帮我的忙吧,老爷!"

"舒金太太,我们一点也帮不上您的忙。……您得明白:您的丈夫,据我判断,是在军医署工作,可是我们这儿纯粹是私营商业机关,我们这儿是银行。您怎么会不明白这一点呢!"

基斯土诺夫又耸耸肩膀,带着浮肿的脸转过身去同一个穿军服的先生周旋。

"老爷啊,"舒金太太用悲惨的唱歌声调说,"我有医生的文件,证明我丈夫在害病!这就是,您费心看一看吧!"

"很好,我相信您,"基斯土诺夫没好气地说,"不过,我再说一遍,这事跟我们不相干。这真奇怪,甚至滑稽!难道您的丈夫就不知道您该到哪儿去申诉?"

"老爷,他什么也不懂。他一个劲儿唠叨那一套:'这不关你的事!走开!'总共就说了这么两句。……那么这事到底归谁管呢?要知道,事情都得我操心!得我操心啊!"

基斯土诺夫又转过身来对着舒金太太,开始对她解释军医署和私人银行之间的区别。太太专心听他讲话,点头表示同意,然后说:

"是,是,是。……我明白,老爷。既然这样,老爷,请您吩咐他们至少给我十五卢布好了!我同意只拿一部分钱就算了!"

"哎!"基斯土诺夫叹道,把头往后一仰,"跟您什么道理也讲不通!不过您要明白,到我们这儿提出这类要求就如同,比方说,到药房或者金银检验局提出离婚的申请一样古怪。人家没有付足您钱,可这跟我们有什么相干呢?"

"老爷,叫我永久为您祷告上帝,可怜可怜我这个无依无靠的老婆子吧。"舒金太太说着,哭起来,"我是个弱女子,受气包……我苦得要命。……又得跟房客打官司,又得管我丈夫的事,又得管家务,另外还得斋戒祈祷,女婿又丢了差事。……表面上看来,我也吃也喝,其实我站都站不稳。……我通宵睡不着觉哟。"

基斯土诺夫觉得心跳起来。他现出痛苦的脸色,把手按住胸口,又开始对舒金太太解释,可是声音哑了。……

"不,对不起,我不能跟您说话了,"他说着,挥一下手,"我的脑袋都晕了。您既打搅了我们,您自己也白白糟蹋了时间。哎!……阿历克塞·尼古拉伊奇,"他对一个职员说,"劳驾,您对舒金太太解释一下!"

基斯土诺夫依次接见了所有来办交涉的人以后,就往自己的办公室走去,在那儿签署了十来份文件,可是这当儿阿历克塞·尼古拉伊奇还在跟舒金太太办交涉。基斯土诺夫坐在自己的办公室里,很久都听见那两个说话声:一个是阿历克塞·尼古拉伊奇单调而隐忍的男低音,一个是舒金太太尖厉的含泪声调。……

"我是个受气包,弱女子,我又是个有病的女人。"舒金太太说,"从外表看,也许我挺结实,可要是仔细检查一下,我身上就没有一根筋脉是健康的。我站都站不稳,胃口也很差。……今天我喝咖啡的时候,觉得一点味道也没有。……"

阿历克塞·尼古拉伊奇就对她解释各个机关各不相同,解释呈递文件的复杂手续。他很快就累坏了,由会计把他接替下来。

"这个娘们儿讨厌得出奇!"基斯土诺夫生气地想,烦躁地绞着手指头,屡次走到水瓶那边去,"她简直是个白痴,木头!她把我折磨够了不算,还要折磨他们,混蛋!哎呀……我心跳得厉害!"

过了半个钟头,他按铃。阿历克塞·尼古拉伊奇来了。

"事情怎么样了?"基斯土诺夫疲惫无力地问道。

"我们跟她怎么也说不通,彼得·亚历山德雷奇!

简直要命。我们说东,她却说西。……"

"我……她的声音我再也听不下去了。……我浑身不舒服……我受不了。……"

"把看门人叫来,彼得·亚历山德雷奇,让他把她带走。"

"使不得,使不得!"基斯土诺夫惊恐地说,"她会大哭大叫,我们这所房子里有许多住户,天知道人家会把我们想成什么样的人。……您,我的好人,还是设法给她解释清楚的好。"

过了一分钟,又传来阿历克塞·尼古拉伊奇低抑的说话声。一刻钟过去了,会计强有力的男高音接替了他的男低音。

"这个女人混账透顶!"基斯土诺夫生气地想,烦躁地耸动肩膀,"愚蠢得不可救药,见她的鬼。我的痛风病好像又发作了。……偏头痛又闹起来了。……"

在隔壁房间里,阿历克塞·尼古拉伊奇筋疲力尽,最后用手指头敲敲桌子,然后敲敲自己的额头。

"一句话,您两个肩膀上长着的不是脑袋,"他说,"而是这个。……"

"哼,别来这一套,别来这一套……"老太婆说,生气了,"你回去对你老婆这样敲桌子吧。……混小子!别让你那只手太放肆。"

阿历克塞·尼古拉伊奇气呼呼、恶狠狠地瞧着她,仿佛要把她吞下肚去。他压低喉咙,闷声闷气地说:

"出去!"

"什么?"舒金太太突然尖叫起来,"您怎么敢这样?我是个弱女子。我受不了!我丈夫是个堂堂的八等文官!这小子可真混!我要去找律师德米特利·卡尔雷奇,管保叫你吃不了兜着走!我跟三个房客打过官司,我要叫你为那些无礼的话在我面前跪个够!我要去找你们的将军!老爷啊!大人啊!"

"滚出去,祸害!"阿历克塞·尼古拉伊奇声音沙哑地说。

基斯土诺夫推开房门,对办公室里看了一眼。

"什么事啊?"他用要哭的声音说。

舒金太太脸红得跟大虾一样,站在房间中央,眼珠乱转,手指头在空中指指点点。银行的职员们站在两旁,也涨红脸,显然疲乏得很,彼此茫然失措地望着。

"老爷!"舒金太太跑到基斯土诺夫跟前说,"喏,这个人,这个家伙……喏,这个人……"她指着阿历克塞·尼古拉伊奇说,"他拿手指头敲敲他的脑门子,又敲敲桌子。……您刚才吩咐他解决我的事,可是他要笑我!我是个弱女子,受气包。……可我丈夫是八等文官,我自己也是少校的女儿!"

"好,太太,"基斯土诺夫呻吟道,"我来办……我来采取措施。……您走吧……以后再说!……"

"可是我什么时候能拿到钱呢,老爷?我今天就要钱用!"

基斯土诺夫举起发抖的手摩挲额头,叹口气,又开口解释说:

"太太,我已经跟您说过了。……这儿是银行,私人机关,商业机关。……您要我们怎么办呢?您总得明白道理,您在妨害我们办公啊。"

舒金太太听他讲完,叹了口气。

"当然,当然……"她同意说,"不过请您,老爷,务必做做好事,让我永世为您祷告上帝,求您做我的亲爹,保护我。……要是医生证明文件还嫌不够,那我可以要警察分局开个证明给您。……请您吩咐他们给我钱!"

基斯土诺夫眼睛开始冒金星。他吐一口气,把肺里的空气全部吐出来,疲惫不堪地在一把椅子上坐下。

"您要多少钱?"他用衰弱的声音问道。

"二十四卢布三十六戈比。"

基斯土诺夫从衣袋里取出钱夹,从中拿出一张二十五卢布的钞票,把它递给舒金太太。

"拿去……您走吧!"

舒金太太把钞票用一块小手绢包起来,收好,然后脸上现出一种甜蜜、殷勤,甚至带点卖弄风情的笑容,

爱 情 集

要求说:

"老爷,能不能让我的丈夫恢复原职啊?"

"我要走了……我发病了……"基斯土诺夫用疲乏的声调说,"我的心跳得厉害。"

他走以后,阿历克塞·尼古拉伊奇打发尼基达去买桂樱叶滴剂①,所有的职员各自喝下二十滴药水,才坐下工作。舒金太太呢,后来还在门厅坐了两个钟头光景,跟看门人谈话,等着基斯土诺夫回来。

第二天她又来了。

---

① 一种镇静剂。

幸 福 的 人

尼古拉铁路①的一列客车正从包洛果耶车站开出去。二等客车的一节"吸烟乘客专用车厢"中,有五个乘客隐蔽在车厢的昏暗中打盹儿。他们刚刚吃过饭,此刻身子靠在长沙发背上,想要小睡片刻。车厢里一片寂静。

车门开了,一个人走进车厢来,他身材细长,好像一根棍子,头戴红褐色帽子,穿着华丽的大衣,酷似小

---

① 一条行驶在莫斯科和彼得堡之间的铁路,以沙皇尼古拉一世命名。

爱　情　集

歌剧里和儒勒·凡尔纳①笔下的新闻记者。

这个人在车厢中央停住脚,不住地喘气,眯细了眼睛,久久地打量那些长沙发。

"不对,这个车厢也不是!"他嘟哝说,"鬼才知道是怎么回事!这简直可恶!不对,不是那个车厢!"

有个乘客定睛瞧着这个人,发出一声快活的叫喊:

"伊凡·阿历克塞耶维奇!什么风把您吹来的?是您吗?"

身材像棍子的伊凡·阿历克塞耶维奇一愣,呆呆地瞧着那个乘客,后来认出他来了,就快活地把两只手一拍。

"啊!彼得·彼得罗维奇!"他说,"多少个冬天,多少个夏天没见面了!我根本不知道您也坐这趟车。"

"您好吗?身体健康吗?"

---

① 儒勒·凡尔纳(1828—1905),法国作家,著有许多科学幻想冒险小说。

"挺好。只是,老兄,我忘了我的车厢在哪儿,现在说什么也找不着了,我这个大傻瓜!可惜没有人来拿鞭子抽我一顿!"

棍子样的伊凡·阿历克塞耶维奇微微摇晃着身子,咯咯地笑。

"居然出了这样的事!"他继续说,"刚才敲过第二遍钟后,我出去喝白兰地。当然,我喝了一杯。嗯,我想,既然下一站还远得很,那我就不妨再喝一杯。我正一边想一边喝,不料第三遍钟声响了……我就像疯子似的跑来,见着车就往上跳。喏,我不成了大傻瓜吗?我不成了糊涂虫吗?"

"不过,看得出来,您的心绪倒是挺好嘛,"彼得·彼得罗维奇说,"那您就在这儿坐一坐!欢迎欢迎!"

"不,不。……我得去找我的车厢!再见!"

"天这么黑,说不定您会在车厢外面的过道上跌下去。您坐下,等一会儿到了站,您再去找您的车厢好了。坐吧!"

爱 情 集

伊凡·阿历克塞耶维奇叹着气,游移不定地在彼得·彼得罗维奇对面坐下。他分明很兴奋,不住扭动身子,好像坐在针尖上似的。

"您坐这趟车到哪儿去?"彼得·彼得罗维奇问。

"我?到天涯海角去。我的头脑里乱哄哄,连我自己也闹不清我要到哪儿去。命运叫我到哪儿,我就到哪儿去。哈哈。……好朋友,以前您见过幸福的傻瓜吗?没有?那您就瞧瞧吧!您面前就有个天下最幸福的人!对了!难道从我的脸上看不出来吗?"

"看倒是看出来了,您……略微有点……那个①。"

"大概眼下我的脸相蠢极了!哎,可惜没有镜子,要不然我倒可以看一看我这副尊容!我觉得,老兄,我变成傻瓜了。这是实话!哈哈。……您猜怎么着,我正在蜜月旅行。瞧,我不是傻里傻气吗?"

---

① 暗指"醉意"。

"您？莫非您结婚了？"

"就是今天,最亲爱的!我举行过婚礼以后,就直接上了火车。"

跟着就是祝贺和照例必有的问话。

"嘿……"彼得·彼得罗维奇笑道,"怪不得您打扮成这种花花公子的样儿。"

"是啊。……为了显得气派十足,我甚至在衣服上洒了香水。我把心思全用在浮华上了!我心里无牵无挂,一点思虑也没有,光有那么样的一种感觉……鬼才知道该怎么称呼它才好……也许叫做无忧无虑吧?我有生以来还没感到这么痛快过呢!"

伊凡·阿历克塞耶维奇闭上眼睛,摇头晃脑。

"幸福得要命!"他说,"您自己想想吧。我马上就要回到我的车厢去。那边,窗口旁边,一张长沙发上,坐着个女人,也就是所谓把全身心都献给你的人。那么漂亮的一个金发女人,小小的鼻子……小小的手指头。……我的宝贝儿!我的天使!我的小胖丫头!我的灵魂的葡蚜①!那双小小的脚!主啊!要知道,那双脚可不是我们这样的大脚片子,而是一种小巧玲珑、出神入化……可以意会而不可言传的东西!那样的小脚我恨不得一口吞下去!哎,可是您什么也不懂!要知道,您是唯物主义者,您马上就要进行分析,这样那样的!您是枯燥无味的单身汉,如此而已!喏,等您结了婚,您就明白了!您就会说,如今伊凡·阿历克塞耶维奇在哪儿?是啊,我马上就要回到我的车厢去。她在那儿等着我呢,已经等急了……巴望着我回去。她会笑吟吟地迎接我。我呢,就挨着她坐下,用两个手指头托起她的下巴。……"

伊凡·阿历克塞耶维奇摇头晃脑,发出一连串幸福的笑声。

"然后我就把我的头枕在她的肩膀上,伸出胳膊搂住她的腰。四下里,您知道,安安静静……周围的昏

---

① 一种伤害葡萄的害虫。

暗也饶有诗意。在这种时候,我一心想拥抱全世界呢。彼得·彼得罗维奇,您让我拥抱一下吧!"

"请。"

两个朋友就在乘客们好意的笑声中互相拥抱。幸福的新郎继续说:

"为了使自己更加痴迷,或者像小说里常说的那样,为了使幻觉进一步丰满,那就要到饮食部去喝上这么两三盅。于是我的头脑和胸膛里就发生变化,发生在神话里也读不到的那么一种变化。我是个微不足道的小人物,可是我却觉得我似乎广大无边。……我能拥抱全世界啊!"

乘客们瞧着这个醉醺醺而又幸福的新郎,为他的欢乐所感染,再也没有睡意了。本来在伊凡·阿历克塞耶维奇身旁听他讲话的只有一个人,不久就变成五个人了。他不住扭动身子,像坐在针尖上一样,他唾沫四溅,挥动胳膊,唠唠叨叨讲个不停。他放声大笑,大家也跟着放声大笑。

"要紧的是,诸位先生,要少考虑!什么分析不分析,统统见鬼去吧。……要想喝酒,就自管喝,用不着谈什么哲理,说什么有害或者有益。……什么哲学啦,心理学啦,一概见鬼去吧!"

一个列车员走过这个车厢。

"老兄,"新郎转过脸来对他说,"您走过二百零九号车厢的时候,劳驾在那儿找到一位太太,她戴着灰色的帽子,帽子上绣着一只白鸟。请您对她说一声:我在这儿!"

"是。只是这列车没有二百零九号车厢。有二百十九号!"

"哦,那就是二百十九号!反正一样!那么请您告诉她,就说她的丈夫安然无恙!"

伊凡·阿历克塞耶维奇忽然抱住头,呻吟着说:

"丈夫。……太太。……这种事发生得多么快呀!我一下子就成了丈夫。……哈哈。……该挨鞭子的家伙,居然做了丈夫!哼,大傻瓜!可是她!昨天她还是个姑娘……小妞儿……简直叫人没法相信呢!"

"在我们这个时代,见到幸福的人简直有点奇怪,"一个乘客说,"这种人比白象还要少见。"

"是的,可是这该怪谁?"伊凡·阿历克塞耶维奇说,伸出他的长腿,脚上的鞋头很尖,"要是您不幸福,那该怪您自己! 就是这样。是啊,您怎么想呢? 人就是他个人幸福的创造者。您想幸福,您就会幸福,不过您偏偏不想幸福。您执拗地躲开幸福!"

"哪有这种事! 怎么会呢?"

"很简单! ……大自然规定,人在生活中某一阶段就要产生爱情。到了那个阶段,就该加紧恋爱才对,可是您偏偏不理睬大自然,您在等待什么。还有……法律上写着,正常的人应该结婚。……不结婚就没有幸福。那么有利的时机一到,就赶紧结婚,用不着拖拖拉拉。……可是您偏不结婚,老在等待什么! 其次,经书上写着醇酒使人心头欢畅。……如果您心境畅快,而又希望再畅快一点,那么不用说,您就该到饮食部去喝一通酒。要紧的是别自作聪明,要按规矩办事!规矩是了不起的东西!"

"您说人是自己的幸福的创造者。要是一个人害了牙痛,或者碰上一个凶恶的丈母娘,足以弄得人的幸福化为泡影,他还怎么谈得上是什么创造者呢?一切都要看机会。如果现在您遇上库库耶甫卡惨祸①,那您可就要唱别的歌了。……"

"胡说!"新郎顶嘴道,"车祸一年只有一次。我并不担心出什么事,因为没有理由出这类事嘛。事故是难得发生的!去它们的!我甚至不愿意谈这些了!……哦,看样子,我们快到一个小站了。"

"您现在到什么地方去?"彼得·彼得罗维奇问,"到莫斯科去呢,还是到南方什么地方去?"

---

① 1882年,在莫斯科—库尔斯克铁路线上,在切尔尼和巴斯狄耶沃两个车站之间,在库库耶甫卡村附近,发生过列车翻车事故。——俄文本编者注

"您怎么了！我这是往北边走,怎么会跑到南方什么地方去呢？"

"可是要知道,莫斯科不是在北方。"

"这我知道,我们如今是往彼得堡走嘛!"伊凡·阿历克塞耶维奇说。

"我们是往莫斯科走,求上帝怜恤我们吧!"

"这话怎么讲:怎么会是往莫斯科走？"新郎诧异地说。

"这就怪了。……您买的车票是到哪儿去的？"

"到彼得堡去的。"

"既是这样,我可要跟您道喜了。您搭错车了。"

大家沉默了半分钟。新郎站起来,呆瞪瞪地瞅着这一伙人。

"是啊,是啊,"彼得·彼得罗维奇解释道,"在包洛果耶车站上,您上错了车。……这样看来,您真倒霉,喝过白兰地以后,冒冒失失跳上向对面开的列车了。"

爱　情　集

伊凡·阿历克塞耶维奇脸色苍白,抱住头,开始在车厢里很快地走来走去。

"哎,我这个大傻瓜!"他愤恨地说,"哎,我这个混蛋,巴不得叫魔鬼把我吞下肚去才好!是啊,现在我怎么办呢?要知道,我的妻子还在那列火车上!她孤零零地坐在那边,等着我,心都等焦了!哎,我这个胡闹的小丑!"

新郎倒在长沙发上,蜷起身子,好像有谁踩痛了他的鸡眼似的。

"我这个不幸的人啊!"他哀叫道,"这可叫我怎么办?怎么办呀?"

"得了,得了……"乘客们安慰他说,"这不要紧。……您给您的妻子打个电报,您再设法顺原路坐特别快车赶去。这样您就会追上她了。"

"特别快车!"新郎,这个"自己的幸福的创造者",哭道,"可是我哪儿有钱买票坐特别快车呀?我的钱全在我妻子那边!"

那些笑呵呵的乘客就交头接耳商量一阵,凑出一笔钱来,交给那个幸福的人。

演 员 之 死

专演高贵的父亲和忠厚人角色的演员希普佐夫是个又高又壮的老人,与其说以演剧的才能著称,还不如说以非凡的体力出名。有一天,剧院在演戏,他却同剧团经理"破口大骂"起来。他们正骂得不可开交,忽然他感到胸膛里有个什么东西断成两截了。剧团经理茹科夫每次跟外人激烈争吵后,总要歇斯底里地大笑,昏倒在地,可是这回希普佐夫却没等闹到这样的结局,就匆匆忙忙回家去了。这场相骂以及他胸膛里断裂的感觉,闹得他心情极其激动,他竟然忘记洗掉脸上的油彩,光是扯掉假胡子就走出剧院了。

希普佐夫回到旅馆房间里,从这个墙角走到那个墙角,来来回回走了很久,后来在床上坐下,用拳头支着脑袋,开始沉思。他一动也不动,一点声音也不出,就这样一直坐到第二天下午两点钟,这时候喜剧演员西加耶夫走进房间来。

"你这是怎么了,呆子伊凡诺维奇,为什么没去排戏?"喜剧演员抑制着喘息,开口指责他,弄得满房间都是酒气,"你上哪儿去了?"

希普佐夫一句话也没回答,光是抬起四周抹着油彩的浑浊的眼睛瞧着喜剧演员。

"你至少也该把你这副嘴脸洗干净!"西加耶夫继续说,"瞧着都叫人害臊!你必是喝多了酒,或者……莫非你生病了?你怎么不说话呀?我问你:你病了吗?"

希普佐夫没有开口。尽管他脸上涂抹得不像样子,然而喜剧演员凝神细看,却不能不发觉他脸色异常苍白,不住地出汗,嘴唇发抖。他的手脚也颤抖,而且这个高大的忠厚人的整个魁梧身躯也好像经谁践踏过、踩扁了似的。喜剧演员匆匆地把这个房间扫了一眼,可是既没看见大酒罐,也没看见酒瓶,更没看见别的什么可疑的器皿。

"你知道,米舒特卡,真的,你生病了!"他着急地说,"我说了假话就叫上帝惩罚我,你生病了!你脸色变了!"

希普佐夫没有开口,无精打采地瞧着地板。

"你这是着凉了!"西加耶夫继续说,拿起他的手来,"瞧,你这手好烫!你哪儿不舒服?"

"我想回……回家。"希普佐夫喃喃地说。

"难道你现在不是在家里?"

"不……我要回维亚济马城。……"

"嘿,你怎么会想到要上那儿去!你坐上车即使走三年也到不了你那个维亚济马城。……怎么,你要去找你的爹娘?恐怕他们早已烂掉,连他们的坟也找不着了。……"

"那儿有我的家……家乡。……"

"得了,用不着这么闷闷不乐,用不着。这种变态的感情,老兄,再糟也没有了。……你快点恢复健康吧,明天你还得在《谢列勃良内公爵》①里演米特卡②呢。要知道,这个角色没有别人能演。你喝点什么热东西,吃点蓖麻子油③吧。你有钱买蓖麻子油吗?要不然你等一下,我去跑一趟,给你买来。"

喜剧演员摸一下衣袋,找到一枚十五戈比硬币,就往药房跑去。过了一刻钟他回来了。

"喏,喝吧!"他把药瓶送到高贵的父亲嘴边,说,"你就凑着瓶嘴喝。……一口喝下去!这就对了。……喏,现在你吃点丁香,免得你的灵魂沾上这种

---

① 根据俄国剧作家阿·康·托尔斯泰(1817—1875)的同名历史长篇小说改编成的话剧。——俄文本编者注
② 上述剧本中的一个人物,是一个忠厚、笨拙的大力士。
③ 一种轻泻剂。

脏东西的臭气。"

喜剧演员在病人身旁又坐了一会儿,然后温柔地吻他一下,走掉了。将近傍晚男一号①勃拉玛-格林斯基跑到希普佐夫这儿来了。这个有才华的演员穿一双蒙着绒面的中筒皮靴,左手戴着手套,嘴里叼着雪茄,甚至身上带着葵花香精的气味,可是他仍然极像是一个漂泊到没有澡堂、没有洗衣坊、没有裁缝的地方的旅客。……

"我听说你病了?"他转一下靴后跟,扭过身来,对希普佐夫说,"你怎么了?真的,你怎么了?……"

希普佐夫没说话,也不动弹。

"你怎么不说话呀?头昏还是怎么的?哦,那你就别开口,我不来纠缠你……你别开口了。……"

勃拉玛-格林斯基(这是他在剧团里所用的姓,在他的身份证上他姓古斯科夫)走到窗跟前,把两只手

---

① 原文为法语。

插在衣袋里,开始瞧着街上。他的眼睛前面展开一块广大的荒地,围着一道灰白的墙,沿墙有一片去年的牛蒡,密密麻麻。过了那片荒地就是黑乎乎的一个工厂,不知是什么人办的,已经弃置不用,窗户完全封闭了。有一只迟归的寒鸦绕着工厂的烟囱盘旋。整个这幅枯燥无味、缺乏生气的画面已经开始蒙上薄薄的一层暮霭。

"我要回家!"男一号听见了说话声。

"回哪儿的家?"

"回维亚济马城……回家乡。……"

"这儿离维亚济马城,老兄,有一千五百俄里远呢……"勃拉玛-格林斯基叹道,用手指头轻轻叩着窗玻璃,"你为什么要到维亚济马城去呢?"

"我要在那儿死。……"

"哼,这是怎么说的,胡思乱想!什么死不死的。……他生平第一次得病,就已经认为死期到了。……不,老兄,像你这样的水牛是任什么霍乱也降伏不了的。你会活到一百岁呢。……你哪儿不舒服?"

"没有什么地方不舒服,可是我……觉得……"

"你什么也没觉得,这都是因为你身子太结实了。你的体力在闹腾。你现在该好好喝一通,要喝到,你知道,你整个身子里天翻地覆为止。喝它一醉是很能提神的。……你记得你在罗斯托夫城里闹成什么样子吗?主啊,想起来都可怕!我跟萨希卡两个人抬回一桶葡萄酒来,你一个人就把它喝光,后来还打发人去买朗姆酒①来。……你醉得用口袋去捉魔鬼,把街灯的柱子连根拔起来。你记得吗?那时候你还打过希腊人呢。……"

在这种愉快的回忆影响下,希普佐夫的脸才有点开朗起来,他的眼睛放光。

"那么你记得我怎样把剧团经理萨沃依金打了一

---

① 一种用甘蔗汁发酵和蒸馏酿成的烈性酒。

顿吗?"他抬起头来喃喃地说,"其实这有什么可说的!我这辈子打过三十三个剧团经理,至于小一点的人物,那更不用提了。而且我打过的都是些多么了不起的剧团经理!他们神气得很,连风也不准刮到他们身上来!我打过两个有名的作家,一个画家!"

"可是你哭什么?"

"在赫尔松城我用拳头打死过一匹马。在塔甘罗格城,有一天夜里,一群坏蛋,约莫有十五个人,扑到我身上来。我呢,把他们的帽子一概抢走了。他们就跟在我身后央求我说:'大叔,把帽子还给我们吧!'真有过这样的事。"

"可是傻瓜,你为什么哭呀?"

"现在全完了……我觉得。我要到维亚济马城去!"

随后是停顿。沉默了一阵以后,希普佐夫忽然跳起来,拿起帽子。他神色慌张。

"再见!我到维亚济马城去!"他说,身子摇摇晃晃。

"那么一路的盘费呢?"

"嗯!……我走着去!"

"你发疯了。……"

两个人互相瞧着,大概因为两个人脑子里都闪过同样的思想,都想起了一望无际的原野、无穷无尽的森林、沼泽地带。

"不,我看,你鬼迷心窍了!"男一号断定道,"你听我说,老兄。……头一件事是你躺下来,然后就着茶喝白兰地,为的是出一身汗。嗯,当然,还得喝蓖麻子油。等一下,上哪儿去拿白兰地呢?"

勃拉玛-格林斯基想一想,决定到女商人齐特陵尼科娃那儿去,设法要她答应赊账:说不定那个女人心软,肯答应赊账的!男一号就走了,过了半个钟头拿着一瓶白兰地和蓖麻子油回来。希普佐夫照旧在床上坐着不动,沉默不语,瞅着地板。他的朋友要他喝蓖麻子油,他就随口喝下去,像一架自动机似的,自己并不觉得自己在喝。随后,又像一架自动机似的,他挨着桌子坐下,就着茶喝白兰地。他心不在焉地把整瓶酒喝完,听任他的朋友扶着他在床上睡下。男一号给他盖上被子和大衣,劝他发一发汗,就走了。

夜晚来了。白兰地喝了很多,可是希普佐夫没有睡着。他在被子里躺着不动,眼睛望着乌黑的天花板,后来他看见月亮从窗口照进来,就把目光从天花板移到地球的伴侣那边去,就这样睁着眼睛躺在那儿直到天明。早晨九点钟光景,剧团经理茹科夫跑来了。

"您,天使,怎么异想天开,生起病来了?"他哇哇地叫着,皱起鼻子,"哎,哎!难道有您这样的体质,也能得病?丢脸,丢脸啊!我,您知道,吓坏了!得,我心想,莫非是我们的谈话对他发生了影响?我的好人,我希望您不是因为我才得病的!要知道,您也对我……那个来着。再说,同事之间总免不了那个。那一天您也骂过我,甚至……举着拳头要打我,可是我爱您!真的,我爱您!我尊敬您,爱您!是啊,您说说看,天使,为什么我这么爱您呢?您又不是我的亲戚,又不是我的亲家,又不是我的老婆,可是我一听说您生病,就仿佛有人扎了我一刀子似的。"

茹科夫把他的热爱表白了很久,后来又凑过去吻他,最后大动感情,开始歇斯底里地大笑,甚至打算昏倒在地,可是大概想起来这不是在他自己家里,也不是在剧院里,就决定把这种昏厥推迟到将来比较方便的时候再说,然后他就走了。

他走后不久,悲剧演员阿达巴谢夫来了,他是个毫无生气的人,眼睛近视,说话带鼻音。……他久久地看着希普佐夫,久久地思索,忽然有了发现:

"你猜怎么着,米发?"他问,由于鼻音过重而把米沙①说成米发,脸上现出神秘的表情。"你猜怎么着?!你得喝点蓖麻子油!!"

希普佐夫一言不发。过了一会儿,悲剧演员往他

---

① 米沙和上文的米舒特卡均为米哈依尔的爱称。

嘴里倒进那种气味难闻的油,他也还是一言不发。阿达巴谢夫走后大约过了两个钟头,剧院理发师叶甫拉木比,或者按演员们不知什么缘故给他起的名字,利哥莱托①,来到这个房间。他也像悲剧演员那样久久地看着希普佐夫,叹了口气,声音响得像火车头喷气似的,然后慢手慢脚,从容不迫地动手解开他带来的包袱。包袱里大约有二十个吸血杯和几个小药瓶。

"您应该打发人来叫我才是,那我早就来给您放血了!"他温柔地说着,解开希普佐夫胸前的衣服,"病是很容易耽误的!"

这以后,利哥莱托就用手心摩挲高贵的父亲的宽胸脯,然后把所有的吸血杯都放在胸脯上。

"是啊……"他做完手术,一面把那些被希普佐夫的血染红的工具包扎起来,一面说,"您应该打发人来

---

① 意大利作曲家威尔第(1813—1901)根据法国作家雨果的剧本《逍遥王》改编的歌剧《利哥莱托》(一译《弄臣》)中的一个宫廷丑角。——俄文本编者注

叫我,那我早就来了。……关于钱,您不必操心。……我是因为怜惜您才来的。……既然那个蠢材不肯给您钱,您上哪儿去弄钱呢?现在,喏,您费心把这药水喝下去。这药水挺好喝的!那么现在,您费心把这油喝下去。这是顶好的蓖麻子油。这就对了!您的病会好起来的!好,现在再见。……"

利哥莱托拿起包袱,由于帮助人而感到满意,走掉了。

第二天早晨喜剧演员西加耶夫来到希普佐夫的房间里,发觉他的情形极其可怕。他在大衣下面躺着,呼呼地喘气,眼睛望着天花板,转动不定。他的手使劲揉搓着已经皱成一团的被子。

"到维亚济马城去!"他瞧见喜剧演员后,小声说,"到维亚济马城去!"

"喏,这话,老兄,我听了可不喜欢!"喜剧演员摊开手说,"喏……喏……老兄,这不好!说句不怕你见怪的话……老兄,这甚至愚蠢。……"

"我要到维亚济马城去！真的,到维亚济马城去！"

"我……我没料到你会这样！……"喜剧演员嘟哝说,慌了手脚,"鬼才知道这是怎么回事！怎么一下子就垮了！嗯……嗯……嗯……这不好！挺大的个子,有火警瞭望台那么高,可是哭了。难道一个做演员的可以哭吗？"

"又没有老婆,又没有孩子,"希普佐夫喃喃地说,"我不应该当演员,应该在维亚济马城生活才是！谢敏,我这辈子算是白活了！啊,应该在维亚济马城生活才是！"

"嗯……嗯……嗯……这不好。这简直愚蠢……很糟！"

西加耶夫定下心来,让自己的感情恢复正常以后,就开始安慰希普佐夫,对他撒谎说,同事们已经决定把他送到克里米亚去,费用由大家分摊,等等,然而希普佐夫没有听他讲话,嘴里不住念叨维亚济马城。……

最后喜剧演员摆一下手,为了安慰病人,他自己也讲起维亚济马城来了。

"那个城很不错!"他安慰道,"那个城,老兄,好得很!那儿的蜜糖饼干出名。蜜糖饼干做得精巧,不过,我们背地里说一句,其实有点那个……不大行。我吃过那种蜜糖饼干后,整整有一个星期有点那个。……不过那儿最好的,要算是商人!个个商人都像样子!要是他请你吃饭,那就有个请客的排场!"

喜剧演员讲个不停,希普佐夫不开口,听着,赞许地点头。

傍晚,他死了。

卡希坦卡

故 事

第一章 不 乖

有一条红毛小狗,是达克斯狗和看家狗合生的杂种狗①,嘴脸很像狐狸。它在人行道上跑来跑去,不安地看着两旁。有时候它站住,哀号,时而举起这只冻僵的爪子,时而举起那只,极力要弄明白:它怎么会迷路的?

---

① 一种短毛歪腿的矮狗。

爱 情 集

它清楚地记得这一天是怎样度过的,最后怎样来到这条人行道上。

这一天是这样开始的:他的主人,细木匠路卡·亚历山德雷奇,戴上帽子,把一个用红手巾包着的木头家什夹在胳肢窝底下,叫道:

"卡希坦卡,咱们走吧!"

这条达克斯狗和看家狗合生的杂种狗本来在工作台底下刨花上睡觉,听见有人叫它的名字,就从工作台底下钻出来,舒舒服服伸个懒腰,跟着主人跑了。路卡·亚历山德雷奇的主顾们住得远极了,因此这个细木匠走到每个主顾家以前,总得有好几次走进小饭铺去提一提神。卡希坦卡记得它在路上的举动极不像样。它由于主人带它出来散步而兴高采烈,蹦蹦跳跳,向公共马车扑过去,汪汪地叫,跑进人家的院子,追逐别的狗。细木匠屡次看不见它,总是站定下来,生气地喊它。有一回他甚至脸上带着解恨的神情一把揪住它

的狐狸样的耳朵,拧了一下,抑扬顿挫地说:

"叫——你——死——了——才——好!瘟神!"

路卡·亚历山德雷奇到过主顾们家里后,又上他妹妹家去,在那儿喝了点酒,吃了点东西。他从妹妹家里出来,就到他熟识的一个装订匠的家里去,从装订匠家里出来又到小饭铺,从小饭铺里出来再到他的干亲家的家里,等等。一句话,等卡希坦卡来到这条不熟悉的人行道上,已经是傍晚时分,细木匠喝得大醉了。他挥动双手,呼呼地喘气,嘴里唠叨说:

"我母亲生下我这个孽障!啊,罪孽呀,罪孽!现在我们在大街上走,瞧着路灯,可是等我们一死,就要在布满烈焰的盖海纳①遭火烧了。……"

要不,他就换一种好意的声调,把卡希坦卡叫到跟前来,对它说:

"你啊,卡希坦卡,不过是只小虫子。拿你跟人

---

① 耶路撒冷附近的一个山谷名,古时,犹太人在这儿焚烧孩子,作为向巴尔神供献的祭品。

比,就跟拿粗木匠跟细木匠比一样。……"

他正这样跟它讲话,忽然传来轰轰响的音乐声。卡希坦卡回头一看,就瞧见街上有一队兵士照直向它走过来。它受不了刺激它神经的乐声,跑来跑去,汪汪地哀叫。使它大吃一惊的是细木匠非但不害怕,不呼喊,不吠叫,反而畅快地微笑着,挺直身体,把五个手指一齐举到帽檐那儿。卡希坦卡看见主人并不抗议,就叫得越发响,一时昏了头,竟穿过大街,跑到对面人行道上去了。

等它清醒过来,音乐已经没有,那队兵也不在了。它穿过马路回到它刚才离开主人的地方,可是,哎呀!细木匠不在了。它往前跑,又跑回来,然而细木匠仿佛已经钻进地里去了。……卡希坦卡开始闻人行道的地面,希望从主人脚印的气味找到主人,可是刚才有个坏蛋穿着一双新胶鞋走过这儿,现在一切细微的气味都跟橡皮的刺鼻臭气混在一起,什么也分辨不清了。

卡希坦卡东奔西跑,没有找到它的主人,那时天却黑下来了。街道两旁的路灯点亮,房屋的窗子里也现出了灯光。天上下着鹅毛大雪,把街道、马背、车夫的帽子都涂成白色,天越黑,那些东西就越白。许多不相识的主顾走过卡希坦卡面前,来来往往,遮住它的视野,他们的脚不住地撞它。(卡希坦卡把所有的人分成很不平等的两部分:一部分是主人,一部分是主顾,这两种人大有区别:第一种人有权利打它,第二种人呢,它自己却有权利咬他们的小腿肚子。)那些主顾不知急急忙忙跑到什么地方去,理都不理它。

等到天色大黑,卡希坦卡心里又是绝望又是害怕。它就缩到一户人家的门口,哀哀地哭起来。它跟路卡·亚历山德雷奇奔忙一天,已经累了。它的耳朵和爪子冻僵,此外它的肚子也饿极了。这一整天它只吃到过两次东西,一次是在装订匠家里吃了点糨糊,一次是在小饭铺里柜台附近找到一小片腊肠的皮,一股脑儿就这么一点点。如果它是个人,那它一定会想:

"不,照这样可活不下去!非自杀不可了!"

第二章　神秘的陌生人

不过它什么也没想,光是哭。等到它的背脊和脑袋粘满羽毛般柔软的雪片,它正疲乏得昏昏睡去,忽然街门砰的一响,吱吱扭扭叫着,撞在它的身上。它跳起来。从敞开的街门里,走出来一个主顾之类的人。卡希坦卡尖声叫着,扑到他脚边去,因此他不可能不注意到它。他弯下腰凑近它,问道:

"小狗儿,你是从哪儿来的?我碰痛你了吗?唉,可怜,可怜啊。……得了,别生气,别生气。……这都怪我不好。"

卡希坦卡透过挂在睫毛上的雪花瞧着那个陌生人,看见面前站着一个又矮又壮的人,脸胖胖的,刮光了胡子。他戴一顶高礼帽,穿一件敞开怀的皮大衣。

"你哭什么呀?"他接着说,伸出手指头拂掉它背上的雪,"你的主人哪儿去了?你大概迷了路吧?哎,可怜的小狗儿呀!那我们现在该怎么办呢?"

卡希坦卡从这个不相识的人的说话声中听出热情而诚恳的音调,就舔一下他的手,哭得越发凄凉了。

"你这只漂亮而可笑的小狗啊!"陌生人说,"简直像只狐狸!嗯,是啊,没有别的办法可想,跟我来吧!说不定你也能有点用处呢。……好,走!"

他吧嗒了一下嘴,对卡希坦卡做个手势,那手势只能有一种意思:"跟我来!"卡希坦卡就跟着他去了。

过了半个钟头光景,它坐在一个明亮的大房间里的地板上,歪着头,带着温情和好奇的神情,看那个陌生人坐在桌子边吃饭。他一面吃,一面丢些小块的东西给它吃。……起初他给它一块面包和一块干酪的绿皮,然后给它一小块肉、半个小馅饼、几根鸡骨头。它饿极了,把这些东西很快吃光,来不及分辨滋味。它吃得越多,反而觉得越饿。

"哼,你的主人可没有好好喂你!"陌生人眼看它没有细嚼就狼吞虎咽地吞下那一块块东西,就说,"你多么瘦啊！只剩皮包骨头了。……"

卡希坦卡吃了很多,然而没有饱,只是吃得迷迷糊糊罢了。饭后,它在房中央躺下,伸直腿,觉得周身有一种愉快的倦意,就摇摇尾巴。当新主人靠在安乐椅上吸雪茄烟的时候,它摇着尾巴在思索一个问题:究竟是在这个陌生人家里好,还是在细木匠家里好？陌生人家里的摆设又贫乏又难看;除了一把安乐椅、一张长沙发、一盏灯、一块地毯以外就什么也没有了,房间里像是空的。细木匠的整个住处却装满了东西,他那儿有桌子啊、工作台啊、刨花堆啊、刨子啊、凿子啊、锯子啊、装着一只黄雀的鸟笼啊、盆子啊。……陌生人这儿什么气味也没有,可是细木匠的住处老是雾气腾腾,有胶水味啦,油漆味啦,刨花味啦,好闻极了。不过陌生人家里倒也有一个很大的优点,那就是他给的吃食挺多,而且应该说他一句十分公道的话,这半天卡希坦卡坐在桌子前面,带着温情看他,他倒一次也没踢它或者跺脚,一次也没对它嚷道:"滚开,该死的！"

新主人吸完雪茄烟,走出去,过一会儿手里拿着个小小的褥垫回来了。

"喂,你,小狗,上这儿来!"他把小垫放在墙角长沙发旁边,说,"你躺在这儿。睡吧!"

然后他吹灭灯,走出去了。卡希坦卡在小垫上躺下,闭起眼睛。街上传来狗吠声,它有心回答一声,可是忽然,出乎意外,它感到满心的忧伤了。它想起路卡·亚历山德雷奇、他的儿子费久希卡、工作台底下那舒服的小窝。……它想起冬天那些漫长的傍晚,细木匠常刨木头或者大声读报,费久希卡呢,总是跟它一块儿玩。……他抓住它的后腿,把它从工作台底下拉出来,拿它耍弄一番,弄得它眼前金星乱迸,周身骨节酸痛起来。他硬逼它用后腿走路,拿它当铃铛玩,那就是使劲扯它的尾巴,弄得它尖声怪叫,咆哮起来。此外,他还拿鼻烟给它闻。……特别使它难受的是另一种玩法:费久希卡用一根线拴上一小块肉,送到卡希坦卡面前,可是等它吞下去,他却哈哈大笑,把那块肉从它胃里拉出来。回忆越是鲜明,卡希坦卡就越是哭得响亮而悲怆。

然而不久,疲劳和温暖就战胜了忧伤。……它渐渐睡着了。在它的幻想里,有许多狗跑来跑去,其中有一条鬈毛狗跑过它面前,那狗是它今天在街上见过的,眼睛上有白斑,鼻子旁边生着一绺绺软毛。费久希卡手里拿着一个凿子追那条鬈毛狗,然后他自己忽然生出满身的鬈毛,快活地吠叫着,跟卡希坦卡站在一块儿了。卡希坦卡和他就好意地嗅嗅彼此的鼻子,顺着大街跑下去。……

第三章 很投缘的新朋友

等到卡希坦卡醒来,天色已经大亮,街上传来种种白天才有的闹声了。房间里一个人也没有。卡希坦卡伸个懒腰,打个哈欠,心里有气,闷闷不乐,在房间里走来走去。它闻闻墙角,嗅嗅家具,往前堂看一眼,没有发现什么有趣的东西。除了通到前堂去的那扇门以外,还有一扇门。卡希坦卡想了想,就用两个爪子搔那扇门,把它推开,走进隔壁房间。这儿,有一个主顾睡在床上,身上盖着毛毯,它认出这就是昨天那个陌生人。

"呜呜……"它嘟哝着,不过它想起了昨天吃到的那顿饭,就摇摇尾巴,闻起来。

它闻一闻陌生人的毯子和皮靴,发现这些东西有浓烈的马的气味。卧室里还有一道门通到别处去,也关着。卡希坦卡用爪子搔那道门,把胸部抵在门上,推开它,顿时闻到一股奇怪而很可疑的气味。它预料要遇到不愉快的事,就呜呜地叫着,往四下里看,走进一个糊着肮脏的壁纸的小房间,吓得直往后退。原来它看见一个意想不到的古怪东西。有一头灰毛鹅低下脖子和脑袋,贴近地面,张开翅膀,嘎嘎叫着,直奔它来了。它旁边不远的地方有一块小褥垫,上面躺着一只白猫。那猫一看见卡希坦卡就跳起来,拱起背,翘起尾巴,竖起身上的毛,也嘶嘶地叫。狗害怕得不得了,可是不愿意露出恐慌的样子,就大声叫着,向猫扑过去。……猫把背拱得更高,嘶嘶地叫着,伸出爪子打卡希坦卡的头。卡希坦卡往旁边一闪,四个爪子趴在地下,把脸往猫那边拱过去,发出响亮的尖叫声。这时候那只鹅却从它背后走过来,伸出嘴使劲啄它的背。卡希坦卡就跳起来,往鹅那边扑过去。……

"这是怎么回事?"传来陌生人生气而响亮的语声,随后他穿着长袍走进这个房间,嘴里叼着一根雪茄,"这是什么意思啊?各回原位!"

他走到猫面前,拍一下它拱起的背,说:

"费多尔·季莫费伊奇,这是什么意思?你们打架?哼,你这个老混蛋!躺下去!"

然后他转过身去对鹅喊道:

"伊凡·伊凡内奇,回原位!"

猫乖乖地在小褥垫上躺下来,闭上眼睛。凭它的嘴脸和触须的神态来判断,它自己也不满意自己这样大发脾气,打起架来。卡希坦卡受屈地哀叫着,鹅就伸出脖子,很快地说了一句话,声音又激烈又清楚,可是一点也听不懂是什么意思。

"行了,行了!"主人说着,打了个哈欠。"应当相处得和睦,友好才对。"他摩挲着卡希坦卡,接着说:"你呢,小红狗,不用怕。……它们是很好的伴儿,不会欺负你。等一等,我们该叫你什么名字才好呢?没有名字是不行的,朋友。"

陌生人想了一阵,说:

"这样吧。……就叫你姑姑好了。……你听明白了吗?姑姑!"

他把"姑姑"这个词儿念了好几遍,走出去了。卡希坦卡坐下来,开始观察。猫趴在小褥垫上,一动也不动,装出睡熟的样子。鹅伸长脖子,两只脚在原地踏步,继续急速而激烈地讲它的话。看来这是一头很聪明的鹅。每次长篇大论以后,它总要惊讶地后退一步,做出对自己的发言很欣赏的样子。……卡希坦卡一面听它发言,一面发出呜呜声回答它,然后开始闻各个墙角。有一个墙角放着一个小小的盆子,它看见那里面盛着一些在水中泡过的豌豆和一些泡软的黑面包皮。它尝一尝豌豆,觉得并不好吃,再尝一尝面包皮,倒吃下去了。鹅眼看一条不相识的狗吃它的口粮,却一点也不生气,而且刚好相反,讲得越发激烈,为了表示信任起见,还亲自走到小盆那边去,吃下几颗小豌豆。

第四章 稀奇古怪的玩意儿

过了一会儿,陌生人又走进房来,带来一件奇怪的东西,类似一个门,又像字母 п。这个做工粗糙的木架上有一道横梁,上面挂着一个铃铛,拴着一管手枪,铃铛的舌头和手枪的枪机上都垂下一根线。陌生人把木架放在房中央,把一个什么东西拴了很久,又解了很久,然后他瞧着鹅,说:

"伊凡·伊凡内奇,请!"

鹅就走到他跟前,做出等候的姿势。

"好,"陌生人说,"从头演起。你先鞠个躬,行个屈膝礼!快!"

伊凡·伊凡内奇就伸长脖子,向四方点头,两只脚掌互碰了一下。

"行,好小子。……现在,你死吧!"

鹅就仰面朝天躺下,两条腿竖在空中。这类没有什么了不起的玩意儿又演过几个以后,陌生人忽然双手捧住头,脸上装出惊吓的神情,叫起来:

"救命啊!起火了!我们要烧死了!"

伊凡·伊凡内奇就跑到木架那儿,伸出嘴去叼住线,弄得那个铃叮叮当当响起来。

陌生人十分满意。他摩挲着鹅的脖子,说:

"好小子,伊凡·伊凡内奇!现在,假定你是珠宝商人,卖金子和钻石。现在再假定你来到自己店里,碰见店里有贼。遇到这种情形,你怎么办呢?"

鹅就用嘴叼住另一根线,拉一下,顿时响起了震得耳朵发聋的枪声。卡希坦卡很喜欢铃声,现在一听到枪声简直高兴得不得了,绕着木架不住地跑,汪汪地叫。

"姑姑,回原位!"陌生人对它嚷道,"不许出声!"

伊凡·伊凡内奇的任务并没随着枪响而结束。陌生人用调马索拴住鹅,然后,整整有一个钟头,他赶着它兜圈子跑,把鞭子抽得啪啪地响,这时候鹅就得跳过栏杆,钻过圆环,像马那样直立起来,也就是一屁股坐在地上,抬起两个脚掌,摇动不停。卡希坦卡目不转睛地瞧着伊凡·伊凡内奇,高兴得汪汪叫,有好几次跟在它后面跑,发出清脆的吠声。陌生人把鹅和自己弄得很累,然后擦掉额头的汗,叫道:

"玛丽雅,叫哈甫罗尼雅·伊凡诺芙娜到这儿来!"

过一分钟传来了咕噜咕噜的喉音。……卡希坦卡就发出呜呜的叫声,做出很有胆量的样子,不过为了稳当起见,还是走到陌生人近旁去了。房门打开,有个老太婆探进头来,往房间里看一眼,说了一句话,把一头很难看的黑猪放进来了。那头猪理都不理卡希坦卡的呜呜声,扬起嘴巴,快活地呼噜呼噜叫。看来,它见到它的主人、猫、伊凡·伊凡内奇觉得很高兴。它走到猫跟前,伸出嘴巴轻轻拱了拱它的肚子,然后又跟鹅攀谈一阵,它的动作、声调,它那根小尾巴的颤抖,都流露出很多的善意。卡希坦卡立刻明白:对这样的东西发出抱怨声或者吠叫声,是大可不必的。

主人把木架拿开,喊道:

"费多尔·季莫费伊奇,请!"

猫就站起来,懒洋洋地伸个懒腰,不大乐意,仿佛赏光似的,走到猪跟前。

"好,我们从埃及金字塔演起。"主人开口说。

他作了很久的说明,然后发出命令:"一……二……三!"一听到"三"字,伊凡·伊凡内奇就张开翅膀,跳到猪的背上。……等到它用翅膀和脖子稳住身子,在生着硬毛的背上站定,费多尔·季莫费伊奇就带着露骨的蔑视神情,仿佛觉得自己的本领一文不值似的,有气无力、懒洋洋地爬上猪背,然后不乐意地爬到鹅身上,像人那样直立起来。这就成了陌生人所说的"埃及金字塔"。卡希坦卡乐得尖叫起来,可是这当儿,那只老猫打了个哈欠,身子失去重心,从鹅身上摔了下来。伊凡·伊凡内奇身子一歪,也滚了下来。陌生人叫起来,摇着胳膊,又数说起来。这个不知疲倦的主人为金字塔又忙了整整一个钟头,然后他开始教伊凡·伊凡内奇骑到猫背上,又教猫吸烟,等等。

这堂课直到陌生人擦着额头的汗,走出房间才算结束。费多尔·季莫费伊奇厌恶地喷一下鼻子,在小褥垫上躺下,闭上眼睛;伊凡·伊凡内奇往小盆走去,猪由老太婆带走了。多亏有这么多新的印象,卡希坦卡才不知不觉地把这一天打发过去了,傍晚它连同它的小褥垫一齐安置在这个糊着肮脏的壁纸的房间里,它跟费多尔·季莫费伊奇和鹅一块儿过夜了。

第五章 天才！天才！

一个月过去了。

卡希坦卡已经养成习惯，每天傍晚吃一顿可口的饭，而且听凭人家叫它姑姑。它跟陌生人，跟那些同房间的新伴侣也混熟了。生活过得好不自在。

每天总是按老一套开头的。照例，伊凡·伊凡内奇醒得最早，它立刻走到姑姑或者猫跟前，弯下脖子，热烈而委婉地讲起来，然而仍旧跟从前那样叫人听不懂。有的时候它昂起头，发表长篇的独白。它们刚刚相识的头几天，卡希坦卡以为它说话多是因为它很聪明，可是没过多少时候就对它失去了一切尊敬，每逢它走过来发表长篇演讲，卡希坦卡就不再摇尾巴，却看不起它，把它看作讨厌的、不让别人睡觉的饶舌者，毫不客气地用"呜呜……"声回敬它了。

费多尔·季莫费伊奇却是另一种派头的老爷。这位老爷醒过来后,一声不响,也不动弹,甚至眼睛都不睁开。它巴不得不醒过来才好,因为看得出来,它是不喜爱生活的。它对什么事都不发生兴趣,对一切事都打不起劲,一副马马虎虎的样子。它蔑视一切,哪怕吃着可口的饭食也厌恶地喷鼻子。

卡希坦卡一醒过来,就开始在各个房间里走来走去,闻墙角。只有它和猫才得到许可,能在整幢房子里走动。那头鹅却没有权利迈过这个糊着肮脏壁纸的房间的门槛,至于哈甫罗尼雅·伊凡诺芙娜,它住在外面一个板棚里,只有上课的时候才来。主人醒得迟,他喝过茶后立刻动手玩那些把戏。木架啦、鞭子啦、圆环啦,每天都拿到房间里来,每天差不多都演那一套。每堂课都是一连三四个钟头,因此有的时候费多尔·季莫费伊奇累得身子摇晃,像喝醉酒一样,伊凡·伊凡内奇则张开嘴,呼呼地喘气,主人变得脸色通红,无论如何也擦不干额头上的汗了。

教课和吃饭使得白天很有趣味,傍晚却过得相当无聊。照例一到傍晚,主人总是外出,不知去向,而且把猫和鹅也带走了。只剩下姑姑孤单单地躺在小褥垫上,心里开始忧闷。……忧闷像是不知不觉溜到它身边来,渐渐占有它,如同黑暗占有一个房间一样。起初,这条狗没有心思再吠叫,吃东西,在各个房间里跑进跑出,甚至懒得睁开眼睛看东西了。后来它的想象里出现两个不清楚的形象,又像是人,又像是狗,带着亲切可爱然而古怪的相貌。它们一出现,姑姑就摇着尾巴,觉得以前在什么地方见过它们,爱过它的。……它每回昏昏睡去,都感到这些形象有胶水、刨花、油漆的气味。

它完全过惯新的生活,从一条瘦骨嶙峋的看家狗变成一条肥头胖脑、保养得很好的狗了,于是有一次,在教课以前,主人摩挲着它说:

"现在,姑姑,我们到了干正事的时候了。你也游手好闲得够了。我打算叫你做演员。……你想做演员吗?"

他就开始教它各种技能。上头一堂课,他教它用后面的两条腿立着走路,这正好是它非常喜欢做的。第二堂课,它的教师把糖果高高地举在它头顶上,它用后腿站起来后,还得跳着去吃那糖果。此后那些课,它跳舞,拴上一根绳子跑圆圈,随着音乐声汪汪叫,拉铃,放枪,不到一个月的工夫它已经能够顺利地代替费多尔·季莫费伊奇搭金字塔了。它很乐意学,对自己的成功也满意,无论是套着绳子吐出舌头奔跑,或是钻圆环,或是骑在年老的费多尔·季莫费伊奇的背上,都使它感到极大的快乐。每一种把戏玩成功后,它总要响亮而快活地叫几声,它的教师也赞叹,高兴,搓手。

"天才!天才!"他说,"无疑是天才!你一定会大获成功!"

姑姑已经听惯"天才"两个字,所以每逢主人说到这两个字,它总是跳起来,向四面张望,仿佛那是它的外号似的。

第六章 不安宁的一夜

姑姑做了个狗梦,梦见一个扫院人举着一把扫帚追它,它就吓得醒过来了。

房间里安静,黑暗,很闷。跳蚤在叮它。以前姑姑从来也没怕过黑暗,可是现在不知什么缘故觉得害怕,打算吠叫了。主人在隔壁房间里大声叹气,后来,过了一会儿,那头猪在小板棚里咕噜咕噜叫,随后一切又归于沉寂。脑子里想到吃食,心里总会轻松一点,于是姑姑就开始回想今天它偷了费多尔·季莫费伊奇的一个鸡爪子,把它藏在客厅里立橱和墙壁的夹缝里,那儿有许多蛛网和灰尘。现在倒不妨走去看看那个鸡爪子还在不在。主人很可能已经找到它,把它吃掉了。然而不到早晨却不能走出这个房间,这是规矩。姑姑就闭上眼睛,想赶快睡着,因为它凭经验知道越是睡着得快,早晨来得也就越快。可是忽然,离它不远的地方传来一种古怪的叫声,弄得它打了个哆嗦,用四条腿跳起来。这是伊凡·伊凡内奇在叫,它的叫声不像平素那样喊喊喳喳,娓娓不倦,却有点激烈,尖利,反常,像是开门的吱扭声。姑姑在黑地里什么也看不清,什么也弄不明白,觉得越发害怕,就抱怨道:

"呜呜……"

过了不大的工夫,大概有吃完一根好骨头那么长的工夫,那种叫声不再传来了。姑姑渐渐定下心来,开始打盹。它梦见两条大黑狗,它们的大腿上和腰上还有去年留下的一绺绺毛。它们凑着一个大木盆吃泔水,狼吞虎咽,盆里冒出白色的热气和很好闻的香味。它们有时候回过头来看一眼姑姑,龇出牙齿,咆哮道:"我们不准你吃!"可是从房子里跑出一个穿着皮袄的农民,扬起鞭子把它们赶走了。于是姑姑走到木盆跟前吃起来,不过等到农民刚刚走进门去,两条黑狗就大吼一声扑到它身上来,这时候忽然又传来那种尖利的叫声。

"嘎！嘎！"伊凡·伊凡内奇叫道。

姑姑醒了，跳起来，没有离开小褥垫，发出一阵哀叫声。它觉得刚才嘎嘎叫的好像不是伊凡·伊凡内奇，而是另外一个局外人。小板棚里的猪不知什么缘故也咕噜咕噜地叫了。

然而这时候，传来拖鞋的啪哒啪哒声，主人穿着长袍，拿着蜡烛，走进房里来了。摇闪的亮光在肮脏的壁纸和天花板上跳动，把黑暗赶走了。姑姑一看，房间里并没有外人。伊凡·伊凡内奇坐在地板上，没睡着。它张开翅膀，张开嘴，总之，它那样子像是很累，要喝水。老费多尔·季莫费伊奇也没睡着。大概它也给叫声吵醒了。

"伊凡·伊凡内奇，你怎么了？"主人问鹅说，"你干吗叫？你病了？"

鹅一声不响。主人摸它的脖子，摩挲它的背，说：

"你是个怪家伙。自己不睡也不让人家睡。"

等到主人走出去，带走了亮光，黑暗就又来了。姑姑心里害怕。鹅没再叫,可是姑姑又觉得黑暗中似乎有个外人。最可怕的是它没法咬这人一口,因为谁也看不见他,他没有形状。不知什么缘故,它认为今天夜里一定会出一件很不吉利的事。费多尔·季莫费伊奇也心神不宁。姑姑听见它在小褥垫上扭动,打哈欠,摇头。

街上什么地方有人敲门,猪在小板棚里咕噜咕噜叫。姑姑哀声呼号,伸出前爪,把头枕在上面。那敲门声,那不知什么缘故没睡着的猪的咕噜声,那黑暗,那寂静,它觉得其中都含有一种跟伊凡·伊凡内奇的叫声同样凄凉可怕的意味。大家都惊慌不安,然而这是什么缘故?那个肉眼看不见的外人是谁呢?这时候,姑姑身旁有两个模糊的绿色光点亮了一下。费多尔·季莫费伊奇走到它身边来,在它们相识的整个时期,这还是第一次。它来做什么呢?姑姑舔一下它的爪子,没问它为什么走过来,只是用好几种音调轻轻叫了几声。

"嘎!"伊凡·伊凡内奇叫道,"嘎——嘎——嘎!"

房门又开了,主人拿着蜡烛走进来。鹅照先前的姿势坐着,张开嘴,展开翅膀。它的眼睛闭上了。

"伊凡·伊凡内奇!"主人叫道。

鹅没动。主人在它面前的地板上坐下,默默地看了它一会儿,说:

"伊凡·伊凡内奇!这是怎么回事?你要死了还是怎么的?哎呀,现在我才想起来,想起来!"他抱住自己的头,叫道,"我知道是什么缘故了!这是因为今天那匹马踩了你一脚!我的上帝!我的上帝啊!"

姑姑不懂主人在说什么,不过从主人的脸色可以看出他也料到要出一件可怕的事。它往黑暗的窗口伸过头去。它觉得好像有个外人在窗外往里看似的,就哀叫起来。

"它要死了,姑姑!"主人说,把两只手一合,"是啊,是啊,它要死了!死亡已经来到你们这个房间。我们怎么办呢?"

脸色苍白、心情激动的主人叹着气,不住地摇头,走回他的寝室去了。姑姑觉得留在黑暗里可怕,就跟着他走去。他在床上坐下,反复说了好几次:

"我的上帝,这可怎么办呢?"

姑姑在他脚旁走来走去,不明白心里为什么这样难过,不明白大家为什么这样不安。他极力想弄明白,就注意主人每一个动作。费多尔·季莫费伊奇平素很少离开自己的小褥垫,现在也走进主人的寝室,依偎在他的脚边。它甩动它的头,仿佛要甩掉头脑中那些沉重的思想似的,怀疑地瞧瞧床底下。

主人拿来一个小茶碟,把洗手盆里的水往小碟上倒一点,又走到鹅那儿去。

"喝吧,伊凡·伊凡内奇!"他把小碟放在它面前,温柔地说,"喝吧,好朋友。"

可是伊凡·伊凡内奇没动弹,也没睁开眼睛。主人按下它的脑袋,叫它凑到小碟上,把它的嘴浸进水里,可是鹅没喝水,把翅膀张得更大,脑袋就此躺在小碟上,没再缩回去。

"不,已经没有办法了!"主人叹着气说,"什么都完了。伊凡·伊凡内奇死了!"

他脸上淌下许多亮晶晶的水珠,就跟下雨天窗上常有的那种水珠一样。姑姑和费多尔·季莫费伊奇不明白是怎么回事,就紧贴着他,心惊胆战地看那只鹅。

"可怜的伊凡·伊凡内奇啊!"主人说,伤心地叹一口气。"我本来想春天带你到别墅去,跟你一块儿在绿草地上散步。可你,亲爱的动物,我的好伙伴,你却去世了! 缺了你,现在我可怎么办?"

姑姑觉得自己似乎也会发生这样的事情,也会不知什么缘故变成这个样子,闭上眼睛,伸直爪子,龇牙咧嘴,大家会心惊胆战地瞧着它。看来,这样的想法也在费多尔·季莫费伊奇的脑子里活动。这只老猫从来也没像现在这样阴沉愁闷过。

天渐渐亮起来,原先害得姑姑战战兢兢的那个外人,已经不在房间里了。等到天色大亮,扫院人就走进来,提着鹅的腿,不知把它拿到什么地方去了。过了一会儿,老太婆走进屋来,把小食盆拿走了。

姑姑走到客厅去看一看立橱后面,主人总算没吃掉那个鸡爪子,它还放在原来那个布满蛛网和尘土的地方。可是姑姑感到烦闷,凄凉,恨不得哭一场才好。它甚至没闻一下鸡爪子就走到长沙发下面,坐在那儿,用尖细的声音轻轻哭起来:

"呜……呜……呜……"

第七章　不顺利的初次演出

一个晴和的傍晚,主人走进糊着肮脏的壁纸的房间,搓着手说:

"好……"

他还想说句什么话,可是没说出来就走了。姑姑原先上课的时候彻底研究过他的面容和音调,猜出他目前心情激动,着急,甚至好像在生气。过了一会儿,

他走回来,说:

"今天我要带着姑姑和费多尔·季莫费伊奇一块儿去。今天,搭金字塔的时候,你,姑姑,要代替去世的伊凡·伊凡内奇。鬼才知道结果会怎么样!样样都没准备好,也没练熟,也没排演过几回!我们要丢脸,要倒霉了!"

然后他又走出去,过了一分钟,穿着皮大衣,戴着高礼帽回来了。他走到猫跟前,提起它的前腿,举起来,把它藏在胸前的皮大衣里,这时候费多尔·季莫费伊奇却似乎满不在乎,连眼睛也懒得睁开。看样子,对它来说,无论躺着也好,被人拉住腿提起来也好,睡在小褥垫上也好,偎在主人胸前的皮大衣里也好,都完全无所谓。……

"姑姑,走吧。"主人说。

姑姑什么也不明白,就摇摇尾巴,跟着他走去。过了一会儿,它已经爬上一辆雪橇,坐在主人的脚边,看见他由于寒冷和激动而缩起脖子,听见他唠叨说:

爱 情 集

"我们要丢脸了!我们要倒霉了!"

雪橇停在一所大房子旁边,那房子古怪,类似倒扣着的汤盆。房子的长门道和三扇玻璃门给十几盏明晃晃的灯照得雪亮。那些门被打开了,发出叮当的响声,像嘴那样把许许多多涌进门口的人吞下去了。人是很多的,常常有马拉着雪橇在门口停住,不过狗倒一条也没有。

主人抱起姑姑,把它塞进皮大衣,贴着他的胸口,费多尔·季莫费伊奇已经先在那儿了。那儿又黑又闷,不过倒挺暖和。有两个模糊的绿色光点亮了一下,这是那只猫受到邻人冰凉粗硬的爪子的侵扰而睁开了眼睛。姑姑舔一下它的耳朵,想坐得尽量舒服点,就不安地扭动身体,冰冷的爪子踩在它身上,无意中从皮大衣里伸出头,然而立刻生气地呜呜叫几声,又缩回皮大衣里去了。它觉得好像看见一个灯光不亮的大房间,那儿满是些奇形怪状的东西。房间两旁立着隔板和栅栏,从那后面探出许多可怕的嘴脸,有的是马脸,有的长着犄角,有的生着长耳朵,另外还有一张极大的肥脸,脸当中没有长鼻子而长了一条尾巴,嘴里伸出两根老长的、啃光了肉的骨头。

猫给姑姑的爪子踩得发出嘶哑的叫声,可是这时候皮大衣敞开了,主人说一声"下来!"费多尔·季莫费伊奇就跟姑姑一块儿跳到地板上。它们如今待在一个小房间里,四周是灰色的木板墙。这儿除了一张放着镜子的不大的桌子、一张凳子、挂在墙角上的旧衣服以外,什么家具也没有。这儿没有灯或者蜡烛,只是墙上钉着一根小管子,里面喷出明亮的扇形火光。费多尔·季莫费伊奇舔着身上被姑姑踩皱的毛,走到凳子底下,躺下来。主人仍旧心情激动,搓着手,开始脱衣服。……他像平素在家里准备睡到毛毯下面的时候那样脱衣服,也就是把所有的衣服都脱光,只剩下衬里衣裤。然后他在凳子上坐下,照着镜子,为打扮自己而搞出种种惊人的花样。首先,他在头上戴一顶假发,假发中央有一道缝路,另有两绺假发翘起来,类似两个犄角,然后用一种白色的东西涂满脸,再在那层白东西上面画出两道眉毛、两撇小胡子、脸颊上的红晕。他的工作到这儿并没有完结。他涂抹了脸和脖子以后,又给自己穿上一身非常奇特而且极不像话的衣服,那样的衣服姑姑以前不论在家里或者在街上都从没见过。您不妨想象一下:他穿的是一条十分肥大、用印着大花的布做成的裤子,像那样的花布在小市民家里是用来做窗帘和家具套子的。他的裤腰一直高到胳肢窝底下,一条裤腿用棕色的花布缝成,另一条却是用浅黄色花布缝成。主人套上肥大无比的裤子,又穿上一件花布短上衣,这上衣有着锯齿形的大领口,背部缝着一颗金星,随后他又穿上一双五颜六色的袜子和一双绿皮鞋。……

姑姑眼花缭乱,心里乱糟糟的。这个肥大如囊的白脸人身上固然有主人的气味,声音也是熟悉的主人声音,可是有好几回姑姑简直满腹狐疑,恨不得从这个花花绿绿的人面前逃掉,汪汪叫几声才好。这个新的地方、扇形的火光、气味、主人的改装,都在他心里引起一种模糊的恐惧和预感,觉得它一定会遇到某种可怕的事,就像碰见那张大脸,看到该长鼻子的地方却长了一条尾巴那样。还有,墙外远远的一个地方正在演奏可恨的音乐,而且不时传来莫名其妙的吼叫声。只有一件事情使它定下心来,那就是费多尔·季莫费伊奇满不在乎。它在凳子底下平心静气地打盹儿,就连人家把凳子搬开,它都没睁开眼睛。

有一个身穿礼服和白坎肩的人探进头来,朝房间里看了一眼,说:

"现在阿拉贝雷小姐上场了。她完了就轮到您啦。"

主人一句话也没回答。他从桌子底下拉出一口不大的箱子,坐下来等着。从他的嘴唇和手的动作看得出来,他心里激动,姑姑听见他的呼吸发颤。

"若尔日先生,请上场!"有人在门外叫了一声。

主人就站起来,在胸前画了三次十字,然后从凳子底下抱起猫来,把它放进箱子。

"走吧,姑姑!"他轻声说。

姑姑什么也不明白,走过去,让他抱起来。他吻它的脑袋,把它放在费多尔·季莫费伊奇旁边。然后四周变成漆黑一团。……姑姑踩在猫的身上,抓着箱子的四壁,害怕得一点声音也喊不出来,箱子摇摇晃晃,仿佛在水浪上一样,不住地颤动。……

"瞧,我来了!"主人大声喊道,"我来了!"

这句话喊完,姑姑就觉得箱子碰到一个硬邦邦的东西,不再摇晃了。这时候响起一阵低沉的吼叫声,仿佛许多人在拍打一个人,而这个人大概就是脸上该生鼻子的地方却生了尾巴的东西,它高声吼叫着,哈哈大笑着,弄得箱子上的锁都颤动起来。主人用尖利刺耳的笑声回答吼叫声,他在家里可从来也没这样笑过。

"哈哈!"他喊着,极力要压过吼叫声,"最可敬的观众们!我刚从火车站来!我祖母死了,给我留下一笔遗产!箱子里有很重的东西,多半是金子吧。……

哈哈！一下子我就成了大财主！现在我来打开，看一看。……"

箱子上的锁咔嗒一响。明晃晃的亮光直扑到姑姑眼睛里来。它就从箱子里跳出来，给吼叫声震得耳朵发聋，很快地绕着它的主人死命奔跑，发出一连串清脆的吠叫声。

"哈哈！"它的主人叫道，"费多尔·季莫费伊奇大叔！亲爱的姑姑！可爱的亲戚们，叫鬼抓了你们去才好！"

他趴下来，肚子贴着地，抓住猫和姑姑，开始跟它们拥抱。姑姑趁主人把它紧紧搂在怀里的时候，往四下里瞧一眼，看命运把它带到一个什么样的世界里来了。它想不到这个地方竟有那么大，不由得又惊奇又高兴，一时间怔住了。然后它跳出主人的怀抱，由于所受的刺激太强烈，就像陀螺似的团团转起来。这个新的世界广大而充满明晃晃的亮光，不管往哪一边看，从地板到天花板，到处都只看见脸，脸，脸，别的什么也没有。

"姑姑,请您坐下!"主人叫道。

姑姑明白这是什么意思,就跳上椅子,坐下来。它瞅着主人。主人的眼睛像往常那样严肃而又亲切,可是他的脸,特别是他的嘴和牙齿,却做出又欢畅又死板的笑容,变得极不自然。他自己也哈哈地笑,跳跳蹦蹦,扭动肩膀,在成千上万张脸跟前做出很高兴的样子。姑姑真的相信他高兴,突然全身感到那千千万万张脸都在瞧它,就扬起它那狐狸样的脸,快活地叫起来。

"您,姑姑,请坐一会儿,"主人对它说,"我要跟大叔跳一回喀马林舞。"

费多尔·季莫费伊奇站在那儿,等着人家叫它做荒唐事,冷淡地往两旁观看。它跳起舞来无精打采,马马虎虎,闷闷不乐,从它的动作,从它的尾巴,从它的胡子,可以看出不论观众也好,明晃晃的亮光也好,主人也好,它自己也好,它都一概极其蔑视。……它跳完舞,打个哈欠,坐下来。

"好,姑姑,"主人说,"我跟您先唱个歌,再跳舞。好不好?"

他从衣袋里拿出一支小木笛,吹奏起来。姑姑受不了音乐,开始在椅子上不安地扭动身子,汪汪地叫。四面八方响起吼叫声和鼓掌声。主人鞠躬,等到响声平息下来,就继续吹奏。……在笛子正吹到一个很高的音调之际,楼上的观众中间有人大声惊叫起来。

"什么姑姑!"一个孩子的声音叫道,"它就是卡希坦卡呀!"

"真是卡希坦卡!"一个带着醉意的、颤抖的男高音肯定道,"是卡希坦卡! 费久希卡,它是卡希坦卡,我说了假话就叫上帝惩罚我! 卡希坦卡,这儿来,喂!"

最高楼座上有人打了一个呼哨,于是两个声音,一个孩子和一个大人的声音叫道:

"卡希坦卡! 卡希坦卡!"

姑姑打了个哆嗦,瞧了瞧发出叫声的地方。那儿有两张脸,一张毛茸茸、醉醺醺、带着笑容,另一张胖乎乎、红扑扑,现出惊恐的样子,这两张脸扑进它的眼帘里来,就跟刚才明晃晃的亮光一样。……它想起来了,就从椅子上一跤跌下去,摔在地上,然后跳起来,发出快活的尖叫声往那两张脸扑过去。这时候响起震耳欲聋的吼叫声,这中间夹着呼哨声和孩子的尖利的呼叫声:

"卡希坦卡!卡希坦卡!"

姑姑跳过栏杆,然后跳过一些人的肩头,落到一个包厢里,为了跑到后面的观众席上去,还得越过一堵很高的墙。姑姑就往上一蹿,可是没有跳到墙顶上,却顺着墙面滑下来。然后它被人从这只手传到那只手里,舔着人们的手和脸,越升越高,终于到了最高楼座。……

过了半个钟头,卡希坦卡已经来到街上,跟着那两个有胶水和油漆气味的人走去。路卡·亚历山德雷奇摇摇晃晃,然而受着经验的指导,本能地极力离水沟远些。

"我母亲生下我这个孽障……"他唠叨说,"你呢,卡希坦卡,是个没脑筋的东西。拿你跟人比,就跟拿粗木匠跟细木匠比一样。"

费久希卡戴着父亲的帽子,在他身旁走着。卡希坦卡瞧着他们两人的后背,觉得自己仿佛跟他们走了很久似的,就暗自庆幸它的生活一刻也没中断过。

它回想那个糊着肮脏的壁纸的小房间、鹅、费多尔·季莫费伊奇、可口的饭食、教课、杂技,然而如今,这一切在它的眼里却成了一场漫长而杂乱的噩梦。……

识别上方二维码

免费收听契诃夫小说精彩片段